KB253204

친애하는 커피씨

친애하는 커피씨
ⓒ허미경 Printed in Seoul

초판발행 2013년 12월 20일

지은이 허미경
발행인 박찬우
편집인 우현
디자인 박은후, 강주영

펴낸곳 파랑새미디어
등록번호 제313-2006-000085호
주소 서울특별시 마포구 서교동 357-1서교프라자 318
전화 02-333-8311
팩스 02-333-8326
메일 thebbm@korea.com

가격 12,000원
ISBN 978-89-93693-94-2 03810

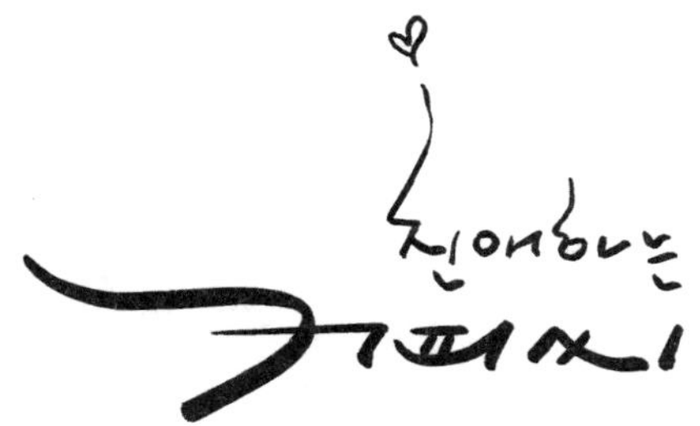

• 허미경 지음 •

파랑새미디어

[프롤로그]

내가 할 수 있는 일.

내가 잘 할 수 있는 일이 뭘까?

온 세상을 촘촘히 매우고 있는 사람들 속에서 과연 내가 설 수 있는 틈이
있을까, 에서 시작된 일이었다.

나는 말을 하고 싶었다. 나를 알고 싶었고, 내가 알지 못하는 내 모습을 찾
고 싶었다. 둔한 세월에 갇힌 나를 구하고 싶었다. 때마침 친애하는 커피
씨를 만나게 되었다.

일상의 아침은 지루한 반복이다.

하지만 유일한 시간, 모닝커피를 마실 때만큼은 시시한 세상을 잊고 오직
나만의 평온함을 가질 수 있었다. 생각은 교통을 이용하지 않아도 어디든
갈 수 있었고, 시간의 제약 없이 편하게 흘러 다녔다. 아침마다 익숙한 내
게서 멀어져 나의 낯선 곳으로 떠나는 여행, 할수록 중독되어 갔다. 생각
은 가지고 있는 자체로 힘이 되지 않는다. 표현하는 습관을 통해 나는 무
감각하던 어제를 잊고 행복한 오늘을 사는 사람이 되었다.

하루도 잊지 않고 쓴 편지가 이제 곧 500여 통에 달하게 된다. 그 편지에는
진실한 내가 들어있다. 내 안에 묻혀 밖으로 나오지 못하던 내가 고스란히

빠져나와 활자가 되었다.

나는 출판을 전제로 '친애하는 커피씨'에게 편지를 쓰지 않았다.

오직 내 속에 깊은 나를 이해하고 싶은 하나의 표현이었을 뿐, 이 무던한 반복이 앞서가는 의미를 일부러 해석하지 않았다. 출판은 내 삶을 자연스럽게 지나는 과정이지, 주목할 결과는 아니라고 생각한다. 하지만 '친애하는 커피씨'가 나를 작가로 만든 1등 공신임을 인정하지 않을 수 없다. 고로 '친애하는 커피씨'에게 이 책이 출판되는 영광을 모두 드리고 싶다.

사람,

고통의 덫이다.

좋은 사람,

그들에게 희망의 빛이 난다.

사람의 세상에는 사람이 고통이고 사람이 희망이기도 하다. 세상은 별일이고, 별꼴이고, 별사람으로 가득하다. 하지만 이런 세상을 별 탈 없이 굴러가게 하는 사람들이 있다. 나는 그들을 '틈새인'이라 부른다. 기적은 쏟아지는 햇살만큼, 떨어지는 빗방울들만큼 흔한 것인데 우리는 그것을 모르고 살아갈 뿐이다. 주변을 둘러보면 세상이 유유히 흐르도록 기적을 만드는 사람들이 있다. 투박해져 갈라진 세상의 틈을 소리 없이 메우고 있는 사람들, 아픈 사람들을 어루만지고 도닥이는 사람들, 정작 자신이 그러한 사람인 줄 모르고 살아가는 사람들, 그들이 바로 '친애하는 커피씨'이다.

요즘의 나의 일상은 현실에 사는 '친애하는 커피씨'를 찾고 그들을 만나며 그들이 만드는 따뜻함을 글로 옮기는 작업을 하고 있다. 어쩌면 나, 먼 날에 사람들에게 '친애하는 커피씨'로 불려 지기를 바라는지도 모르겠다. 우리는 누구든지 '친애하는 커피씨'가 될 수 있다. 세상이 차가워지지 않도록 계속해서 미지근하게 데울 수 있는 온기를 가진 사람이라면 아픈 세상을 구하는 사람들이다.

무엇이 가장 자기다운 삶인가를 고민한다. 나다운 나를 실천하는 사람. 내일을 오늘로 데려오는 사람. 오늘을 미래로 이끄는 사람… 나는 오늘을 창조하는 사람이다. 누구나가 자신의 시간을 창조할 수 있다. 그러나 이 세상에 전혀 새로운 것은 없다. 내가 모르던 것을 발견하면 새로움이 되는 것이다. 세상에는 우리가 모르는 전부가 이미 존재한다. 삶은 찾아가는 자의 환희가 되는 것. 나는 앞으로도 '친애하는 커피씨'를 통해 새로운 세상을 발견하는 기쁨을 누리고자 한다.

아침이면, 친애하는 커피씨에게 편지를 쓰는 것으로 나의 소박한 일상은 시작된다. 처음에는 100일간의 약속으로 블로그에 편지글을 연재했다. 생각이 글로 바뀌면서 현실과 조금씩 타협해가는 변화하는 내 모습에 나는 적잖이 놀라게 됐다. 편지가 늘어갈수록 나는 이미 어제의 내가 아닌 어제보다 조금 더 성숙한 모습이 되어갔다.

어제를 반복하는 무감각한 삶에 변화란 없는 것. 오늘이 달라져야 내일이 변할 수 있다. 하루하루 오늘에 멈추지 않는 것으로 나는 꾸준한 내일을 만들어 가려 한다.

모닝커피 그리고 아침을 사유하는 편지 쓰기는 잊고 지내던 삶의 소중한
부분을 절실히 깨닫게 했다. 일명 커피씨 효과다. 아침이면 커피 한 잔에
온 세상이 특별해진다. 사랑을 부르는 모닝커피다.

[모닝커피]

햇살이 흐드러지게 새벽 위에 내릴 무렵
새로운 하루가 벅차게 피어나는 순간
나는 아마도 그립던 오늘에 앉게 됩니다.

턱 괴어 받친 손 하루의 설렘을 기대게 하고
짙은 향기 눈가에 그윽이 오르면
하얗던 마음이 오늘 향한 그리움으로 퍼져갑니다.

아침이면 보고 싶은 이를 데려와
지나간 골목과 숲길을 펼쳐놓고
내일로 가는 열차에 오르게 합니다.
새로운 하루를 맞이하면
모닝커피는 이야기로 향기롭습니다.

목차

프롤로그 · 4　모닝커피 · 7

[시간]

우리에게 많은 시간이 남았다는 착각 · 12　　지금껏 뭐했니? · 15

특별한 날 · 18　　소멸 · 20　　낡음은 쇠퇴가 아니라 완성입니다 · 23

오늘은 이별하는 날 · 26　　알라딘의 요술램프 · 29

시간을 들이지 않으면 보이지 않는 것들 · 32

병이 되는 날도 약이 되는 날도 · 35

오늘에 실망하더라도 내일은 다시 사랑할 수 있는 날 · 38

[열정]

여유 없는 여유 · 42　　'살고 있다'와 '살아 있다' · 44

소중한 건 절대 포기하지 않아 · 47　　보약보다 커피 · 49

오늘이 처음입니다 · 51　　감정 소비 · 54　　어제 배운 오늘 · 57

지금 이 순간 필요한 것 · 60　　글로 잘 노는 법 · 62

아침에 카페인이 필요한 이유 · 65　　열정의 잔치, 열광의 사색 · 67

미친 글 · 69　　첫편지 · 72

[사랑]

사랑하고픈 이유 · 76　　사랑한다면서… · 79　　당신만을 사랑해 · 82

섬, 여자, 사랑 · 85　　원수를 사랑하지 말자 · 88

내가 아직 당신의 관심인 것 같아 다행입니다 · 91

사랑하는 사람에게만 보이는 세상 · 93　　아름다운 중독 · 96

진짜 사랑 · 98　　마음에 넣어주세요 · 101

가까운 사람일수록 주고 싶은 선물 · 104　　늙지 않는 사랑 · 108

사랑은 단지 고픈 것입니다 · 111

[그리움]

독백 · 116   우리는 모두 누군가에게 기다림의 대상입니다 · 118

내 마음의 책갈피 · 120   그리움 · 122

단 하나의 길, 단 한 사람, 단 한 곳 · 125   나는 추억을 먹고 삽니다 · 128

하루를 살면서 문득문득 가슴에 파고드는 사람이 있습니다 · 131

바람의 기억 · 133   너에게 소중한 그 무엇이고 싶다 · 135

꼭 만나지 않아도 좋은 사람 · 138

[사유]

내 삶의 키워드 · 142   두려움에 맞설 상대 · 144

당신은 왜 사는지요? · 146   돈 받으며 세상을 배우는 곳 · 151

단점 겸 장점 · 155   아, 나는 이토록 멋진 세상에서 살았구나 · 157

걱정해도 괜찮아 · 160   나만 아니면 돼 · 162

많은 것을 한다는 것은 많은 것을 놓치는 것과 같습니다 · 166

"아!" 와 "아차!" · 169   아픈 데만 바라보지 않기 · 171

사유의 아침 · 174   당연하지 않아 · 176

외로움을 느낀다는 것은 삶의 열정이 가득하다는 반증입니다 · 179

미리서 미안합니다 · 182

[사람]

바보가 가진 것 하나 · 188   당신을 통해 살다 · 190

어른의 아침에 찾아오는 아이 · 192   걸어 다니는 도서관 · 194

당신은 내게 무엇입니까 · 197   신을 닮은 사람 · 199

우연 같지 않은 우연 · 203   마음이 웃는 사람 · 206

왜 태어났니? · 209   앞은 보이되 뒤를 보이지 않는 사람들 · 211

나를 발견하는 사람들 · 213   당신에게서 나를 봅니다 · 215

반대편을 돋보이게 하는 사람들 · 218

인생이란 추억으로 남겨지는 삶입니다 · 221   틈 · 224

01.

[시간]

내가 모르는 것들에 대한 두려움
나를 떠나는 것들에 대한 후련함

나는 오랜 시간을 기다린다.
내가 할 수 없는 것을 할 수 있을 때까지
내게 막힌 것이 있다면 그것이 뚫릴 때까지
내 감정이 사라지면 돌아올 때까지
내가 알아볼 수 있는 나의 모습을 기다린다.
잠자코 기다린다.

[우리에게 많은 시간이 남았다는 착각]

친애하는 커피씨

하루라는 시간을 선물 받은 아침입니다.

매일 매일 주어지는 시간이 당연하다고 생각할 수 있지만

사실 우리에게는 그리 많은 시간이 남아있지 않을 수도 있습니다.

내게 남은 시간이 오늘이 전부라면

또는 사랑하는 가족이나 친구들 중

누군가에게 주어진 시간이 오늘이 전부라면…

내일이 없다면 우리는 오늘이라는 시간 동안 무엇을 해야 할까요?

죽기 전에 꼭 해보겠다는 버킷리스트를 생각할 수 있겠지만

나는 그 보다도 마음 안에 쌓아만 놓고 그동안 표현 못한

수천, 수만 가지의 말들을 꺼내놓고 싶을 것 같습니다.

언젠가는 말할 수 있겠지라는 생각으로

차곡차곡 묵혀 두었던 말들이 때를 기다립니다.

적정한 때를 기다리는 것일 수도 있고,

쑥스러워 숨어 지내는 것일 수도 있고,

아직 해야 할 말의 존재를 찾지 못한 것일 수도 있지만
우리에게 많은 시간이 남았다는 착각은
자꾸만 그 때를 잊어버리게 합니다.

예측할 수 없는 시간은 꾸준히 흘러갑니다.
나는 오늘을 살지만 내일은 살고 있지 않을 수 있는 것이지요.
그렇다면 내일이 없는 나는 그동안 알고 지낸 사람들에게
망설임 없이 이렇게 말 할 것입니다.
"미안해"
"고마워"
"사랑해"

우리에게 많은 시간이 남았다는 착각은
우리를 자꾸 망설이게 하고 주저하게 해왔습니다.
기다림은 시간이 지나면 미안함으로
또는 후회로 자라나게 되는데도 말이지요.
혹 내일에 감당할 미안함을 오늘까지 키우는 건 아닌지
당장은 괜찮을 것 같은 내일의 후회를 쌓아가는 건 아닌지
나의 착각 속의 그들을 떠올려 봅니다.

친애하는 커피씨
이제는 용기내서 말할래요.

그동안 아직 시간이 많이 남은 것 같아서 못 다한 말,
당신에게 미안하다고
당신에게 고맙다고
당신에게 사랑하다고…
내일은 없을지도 모를 절실한 오늘에 말이지요.

친애하는 커피씨

[지금껏 뭐했니?]

친애하는 커피씨

세상에서 가장 행복한 날입니다.

사실은 모릅니다.

오늘이 내게 어떤 날로 다가왔다 가버릴지

지나온 어제로 가늠을 한다는 건 무모한 것이지요.

물론 큰 문제가 없다면 세 끼니는 먹을 것이고 일은 하겠지요.

시간은 불변이라 내 몸에다 중력의 무게만큼 하루를 새겨 넣을 테고요.

잔주름이 늘어가겠지요.

거울을 바라봅니다.

낯선 여자의 모습에서 낯익은 여자를 느낍니다.

매일 보는 얼굴이지만 거울 속의 나는 참 낯섭니다.

거울은 현실이겠지요.

바라보기 싫어집니다.

〈지금껏 뭐했니?〉

하니까요.

시간은 한 번도 본 적 없고 한 번도 들은 적 없는 이야기를 가져다줍니다.

하지만 매력을 못 느낀 내가 그 이야기들을 피해 다니며 지냈습니다.

관심 안으로 들어오지 않았던 거라고 구차한 변명을 해봅니다.

숨쉬기를 한다고 살아있는 건 아니지요.

아무것도 하지 않으면서 무엇을 했던 것처럼의 모습으로

보이기를 바랐을까요.

하지만 거울은 예쁘지 않아도 당당한 여자를 비추고 싶었을 겁니다.

거울 앞에 서서

향후 5년, 10년 뒤의 모습을 상상해봅니다.

세월의 흔적은 나이의 중력만큼 깊어질 테지만

적어도 〈뭐했니?〉하며 자책의 질문이 날아들지는 않기를 바라봅니다.

아무것도 하지 않는 하루.

생각하니 끔찍하네요.

무언가를 하는 하루.

진실되다면 더없이 좋지요.

친애하는 커피씨

~하는 사람이요.

오늘은 꾸준히 무엇을 하는 사람으로 살려고요.

~하는 동안은

모두가 아름다운 사람이겠지요?

시간

[특별한 날]

좋은 아침입니다.

여지없는 아침은 오늘도 내가 살아야 할 하루를 실감케 해주지요.

인생을 살면서 중요하지 않은 날은 없을 테지만 그런 날들 중에도 내게는
유난히 특별한 날들이 있습니다.

따져보면 머릿속에는 일 년 중 참 많은 날들이 각별히 새겨져 있는데 나만
의 특별한 날을 기념하고 산다는 것은 내 인생에 나를 좀 더 깊게 새기는 것
과 같은 것이라 하겠습니다.

시간은 많은 것들을 흐릿하게 합니다.

그래서인지 일 년마다 꼭 그날에는 내 인생에 나를 다시 한 번 새길 기회가
생기는 것입니다.

오늘은 그런 날 같습니다.

오래전 연필로 쓴 글씨가 다 지워져 그 위에 다시 꾹꾹 눌러 글씨를 선명하
게 새기는 것과 같은 날,

서랍 속 어두운 곳에 갇혀 살다가 어쩌다 한 번 자신의 존재를 박아주는 과
묵한 인감도장이 외출하는 것과 같은 날,

신장에 오랫동안 묵혀둔 빨간 구두를 신어야 직성이 풀릴 것만 같은 날,
살다보면 이번만큼은 특별한 날이어도 좋겠다고 생각되는 것과 같은 날.

친애하는 커피씨,
오늘은 아주 소중한 날입니다.
세상의 많은 날 중 손안에 꼽는 날,
모두의 가슴에 기억되고픈 그런 날입니다.
커피씨,
이토록 소중한 날에 오늘도 나와 함께 해주실 거지요?

[소 멸]

친애하는 커피씨

지금 눈앞에 보이는 것들은

엔젠가는 모두 사라지는 것들이 되겠지요.

당장은 모두가 그 자리에 당연히 있는 것들이라

그 소멸하는 과정을 생생히 느낄 수는 없지만

기약 없는 어느 날에는 아마도 사라지고 없을 것들이겠지요.

20년 넘게 한 자리에서 많은 시간을 쌓아왔습니다.

좋은 사람과의 인연처럼

좋은 곳과의 인연은 기쁘기도 하고 아프기도 합니다.

만남의 설렘이 있고 헤어짐의 아픔을 겪는 사람과의 관계처럼

장소도 처음 대할 땐 설레고

시간이 지날수록 낯익고 정이 들며

퇴색되고 변화할수록 예전의 설렘과는 이별하게 되는 아픔을 겪습니다.

이 세상의 모든 인연은 시간 속에 기쁨과 아픔이 반복되는

진통을 겪는 것이지요.

오랜만에 추억의 바다 강릉 대포항에 갔었습니다.

20년 동안 한결같은 대포항을 갈 때마다

행복한 기억들이 보태지는 것 같아

가슴이 기억하는 마음의 명소가 되었었지요.

하지만 잠깐 멀어진 사이 대포항은 더 이상 내가 기억하는

추억의 장소는 아니었습니다.

사람도 변하는데 사람이 만들어 가는 장소는 얼마든지 변할 수 있지요.

그럼에도 전과는 대조적으로 바껴버린 대포항의 모습이

나는 아프게 느껴졌습니다.

집을 떠나면 새롭거나 낯익은 장소로 향합니다.

여행의 목적은 같은 장소를 찾을지라도

늘 다른 추억 하나 더 보태고 오거나

기쁜 추억 다시 꺼내보고 오는

시간을 새겨두고, 시간을 거슬러 찾는

삶의 뜻 깊은 찰나를 연속적으로 행하는 것입니다.

추억도 머무는 집이 있어야 오래도록 살 수 있지요.

집을 잃은 추억은 더 이상 그 집에 살 수 없게 됩니다.

새 집에선 또 다른 추억이 머무르게 될 테니까요.

기억 속의 대포항이 사라졌으니 예전의 기억은 머물 집이 사라진 것이지만,

새로운 기억은 새로운 대포항을 집으로 삼아 머물겠지요.

친애하는 커피씨

대포항처럼 세상의 모든 것은 소멸하게 되겠지요.

사람은 가고,

장소는 변화하고,

추억은 사라지는…

어제가 가고 오늘이 오는 것처럼

나도 언젠가는 소멸할 이세상의 아주 작은 점일 테지요.

이 아침도 조만간 사라지고 말 시간인데요.

작은 시간이지만 하루라는 집에 머무는 동안은

평화로운 추억이 되기를 간절히 바라봅니다.

[낡음은 쇠퇴가 아니라 완성입니다]

여름이 낡으면 가을이 완성이 됩니다.

여름의 시간을 넘어가며 불같은 태양이 세상의 온갖 것들을 발하고 흐리게

또는 다양하고 짙게 만들어 버립니다.

이맘때가 되면 태양으로 가열되어 뜨겁게 데워진 마음도 서서히 식으면서

감탄으로 은은한 멜로디를 읊게 합니다.

언젠가 낡은 궤짝을 50만원에 구입한 적이 있었습니다.

집안의 좋은 장식품으로 쓰기 위함이었는데

겉보기에 낡고 오래되었지만

뭔지 모를 아름다운 여운을 품고 있었던 상자였지요.

묵은 세월을 50만원에 살 수 있다는 건 그리 흔한 일은 아니었습니다.

그 가치를 알아보기 위한 많은 시간이 흐른 뒤

나는 비로소 후회를 합니다.

오늘의 아름다운 가치를 느낄 수 없었던 옛날 어느 시간엔가

짐작처럼 느껴졌던 낡은 궤짝을 처분하고 말았던

어처구니없는 실수를 하게 된 것입니다.

아마 그 상자가 아직 내게 남겨졌다면 15년을 보태는 낡음으로 더욱 아름답

게 보였을 텐데요.

늦은 후회지만 어디선가 내 손길로 더해진 낡음이 이유가 되어

쓸모 있는 상자로 공간을 빛내고 있으리라는 믿음을 가져봅니다.

어쩌면 50만원을 훌쩍 넘는 보물이 되어있을지도 모릅니다.

처음 낡은 궤짝 봤을 때 느꼈던 매력을 잠시 잊었던 걸 후회합니다.

처음 시작된 그 시선이 감성 어리고 정겨운 것이었는데

이제야 그 낡음의 여유가 아름다움이라고 느끼게 될 줄은 몰랐습니다.

세월은 눈의 시력을 흐리게 만들었지만

다행히도 세월은 마음의 시력을 돋보기로 만들어 버렸지요.

옛 것의 소중함과 아름다움을 진정으로 알아보게끔 했지요.

친애하는 커피씨

여름의 시간을 겪어 낸 가을이라는 계절은 낡음의 완성입니다.

한때는 가을이 시들고 바삭하게 발하는 이유로

감정이 허전하고 쓸쓸한 푸념들을 난발했지만,

고장 난 마음을 고친 것처럼 지금은 이 가을의 매마르는 분위기가

쇠퇴가 아니라 완성이라고 느낀답니다.

따지자면 나이 든 어른들의 모습이 9월의 가을처럼 풍요롭고 정겨운 것이

지요.

손이 거칠어지고 얼굴에 잔주름이 깊이 자리하는 것은

다양한 색으로 아름답게 발하는 가을을 맞이하는 것처럼

생이 쇠퇴하는 것이 아니라 완성되어 가는 길인 것입니다.

사람들은 예쁜 것보다는 아름다운 것에 더 긴 여운을 가지게 되지요.

새롭지 않아 낡은 것에는 아름다운 이야기가 배어들었기 때문일 겁니다.

커피씨,

낡음은 쇠퇴가 아니라 완성입니다.

[오늘은 이별하는 날]

친애하는 커피씨

이제 우리 헤어질 시간입니다.

모든 만남은 헤어짐을 전제로 하지요.

나는 태어나 세상을 만났습니다.

세상을 만나 세상을 알아가고, 세상을 이해하고, 세상과 닮아가는 동안

나는 세상과 멋지게 이별하는 순간을 연습하고 있었는지도 모릅니다.

우리의 시작은 아름다운 끝을 위한 만남인 것이지요.

봄이라는 명목으로 머물렀던 4월과 이렇게 이별하는 날입니다.

예정된 이별.

시작하는 순간 언젠가 떠나리라는 것을 알고 있지만

정작 떠나야 하는 순간에는

미련의 줄을 잡고만 싶어집니다.

아마 이별 준비를 못한 탓일 수도 있습니다.

하지만 이렇게 하루, 한 달, 일 년, 십 년…

짧은 이별을 반복해서 맞이하다 보면

어느 덧 이별에 익숙해져 가는 나를 발견하게 됩니다.

작은 이별에 대범해지고 큰 이별에 무뎌지는 사이

마지막 이별로 가는 순간에는

아름다운 끝으로 기억되고 싶은 것.

이렇게 짧은 토막의 끝을 예행하다가

진정한 이별의 순간을 아름답게 맞이해야 하는 것이 인생 아닐까요.

작은 시간들과의 이별.

시작부터 곧 다가올 오늘이라는, 4월의 끝을 예상했었지요.

그렇기에 오늘을 위해 하루하루 최선을 다하며 열정적인 삶을 살았고요.

오늘은 4월의 끝 날을 맞아 후회 없이 떠나보내는 마음이 되어 봅니다.

이별은 인생의 전환점이 되어 주기도 합니다.

작은 시간과의 이별로도 새 시간이 다르게 다가올 여지는

얼마든지 있는 것이지요.

실패가 성공의 요소가 되는 것처럼

인생의 작은 이별들은 운명이 뒤바뀌는 전환점이 되기도 하는 것이지요.

4월이 지지부진한 봄이었다고

5월이 흐지부지한 봄을 맞이할 것 같지는 않습니다.

내 인생의 4월이 추운 날들의 연속이었다고 하더라도

오늘로 4월과 이별하고 나면

내일에 다가올 내 인생의 5월이 따뜻하지 않을 거라 말 할 수 없습니다.

내일은,

시작하는 5월도 끝내야 할 마지막 날을 맞이하겠지만

내 인생의 가장 아름다운 장미 정원이 될 것입니다.

4월의 끝인 오늘과 아름답게 이별 할 이유를 마련하는 셈이지요.

친애하는 커피씨

시간과 이별한다 하더라도

사람과 이별한다 하더라도

사랑과 이별한다 하더라도

너무 슬프거나 아파할 일은 아닌 것이지요.

인생은 그렇게 새로운 전환점을 맞이하고

지금과는 확연히 다른 행복한 인생을 살 수 있기 때문입니다.

오늘이 바로 그 전환점,

이별하는 시간입니다.

[알라딘의 요술램프]

하루를 맞이하는 시간,

나는 오늘에게 성큼 다가섭니다.

늘 한결같이 밝아오는 아침이지만

내가 오늘에게 다가서지 않으면

하루는 나를 스쳐 내일로 가버리기 일쑤입니다.

하루가 나를 맞이할 것인가,

내가 하루를 맞이할 것인가의 작은 차이이지만

자신이 하루에게 적극적이지 않으면

그 시간에 머물렀어도 진정한 나의 시간으로 간직되지 못할 것입니다.

사람들은 누구나에게 공평한 24시간의 하루를

25시간처럼 쓰는가 하면

달랑 1시간을 쓰듯 나머지의 시간을 의미 없게 만들기도 합니다.

만약 알라딘의 요술램프가 내 손에 있다면

나는 어떤 세 가지의 소원을 빌 수 있을까 생각해 봅니다.

첫째는 어제를 한 번 더 달라고 빌 것이고,

둘째는 오늘을 한 번 더 달라고 빌 것이고,

셋째는 내일을 한 번 더 달라고 빌 것입니다.

모두가 시간을 다시 달라고 소원을 비는 것인데

부와 명예와 권력보다는 비현실적이지만

시간을 버는 것은 그 어떤 대가보다 값어치 있는 것이기 때문입니다.

어제의 시간을 한 번 더 산다면

분명 어제처럼 살지 않을 것이고

오늘을 한 번 더 산다면 오늘을 좀 더 가치 있게 쓸 것이며

내일을 한 번 더 산다면 내일을 좀 더 알차게 준비할 것입니다.

돈이 부족하면 벌면 되고,

공부가 하고 싶다면 지금이라도 시작하면 되고,

사람을 사귀고 싶다면 내가 먼저 그 사람에게 다가서면 되지만,

한 번 지나간 시간은 그 무엇으로도 되돌릴 수 없기 때문에

시간처럼 귀한 것은 또 없다는 생각인 거지요.

친애하는 커피씨

완벽할 수 없기에 나에게는 언제나 실수의 기회가 열려있습니다.

실수를 하지 않고서는 성장할 수 없지요.

하지만 우리는 실수마저도 알아차리는 걸 놓치게 되는 경우가 허다합니다.

어마어마한 시간이 흐른 뒤 마치 소름 끼치듯

다 지나간 일이 치통처럼 올라오는 경우를 경험하곤 하니까요.

후회하는 일들이 그렇게 쌓여만 갑니다.

그러나 만약, 시간이 하루씩 더 허락된다면

두 번 다시 오지 않는 소중한 하루를

아끼며 최선을 다해 살 것입니다.

시간은 무한한 가능성입니다.

시간은 예측불허입니다.

시간은 잠재한 나를 발견하게 합니다.

시간은 사랑이고 희망입니다.

시간은 곧 나로 남게 됩니다.

그러니 만약 알라딘의 요술램프가 생긴다면

나는 어제, 오늘, 내일을 달라고 소원할 것입니다.

그러면 커피씨 당신도 한 번씩 더 만나는 행운을 누리게 되겠지요?

[시간을 들이지 않으면 보이지 않는 것들]

매일 반복되는 작은 시간을 맞이합니다.

하루 24시간을 바쁘게 쪼개고 살아도 늘 부족한 시간들,

자신에게 주어진 시간에 우리는 무엇을 보며 살아가는 걸까요.

무엇인가를 느끼고 보려면 우리는 시간을 필요로 합니다.

관심에 든 것을 자세히 보려면 더 많은 시간을 필요로 하게 됩니다.

바쁜 일상에서는 너무 작아 보이지 않던 것들이

여행을 떠나서는 작은 것조차 자꾸 보게 되는

마음의 여유가 생기게 됩니다.

비로소 보이는 작은 것들.

길가에 핀 작은 들꽃들,

지나는 사람들의 발에 밟혀 계속 작아지는 자갈들,

하늘에서 떨어진 작은 이슬들.

너무 작아 보이지 않던 것들이

어느 순간에는 크게 보이고 깊게 느껴지는 때가 있습니다.

평소 보이지 않던 작은 것들을 보게 되는 것은

그만큼 그 작은 것들을 알아보는데 시간을 들인다는 것입니다.

친애하는 커피씨

우리는 늘 시간이 없습니다.

작은 것을 알아보기 위해서는 시간을 들여야 하기 때문에

우리는 작은 것을 보는데 소홀하게 됩니다.

하지만 시간을 들이면 보지 못했던 많은 것들을 볼 수 있습니다.

나 자신을 보려면 나에게 시간을 들여야 하고,

봄을 보려거든 봄에게 시간을 들여야 하고

사람을 보려거든 사람에게 시간을 들여야 합니다.

시간을 들이지 않고서는 아무 것과도 친해질 수 없는 것입니다.

다행히도 우리는 매일 똑같은 시간을 가지게 됩니다.

하지만 모든 사람들이 양적으로는 같은 시간을 보내게 될지라도

질적으로는 매우 다른 시간을 보내고 있을 것입니다.

무엇인가 찾으려고 시간을 들이는 것과

무엇인가 찾으려 하지 않고,

보려고 하지 않고,

느끼려고 하지 않는 시간들은 분명한 질적인 차이가 커지게 됩니다.

세상에서 작디작은 것들을 빼고 나면

세상에 남게 되는 것은 무엇일까요.

소중하지 않은 것은 없습니다.

다만 그 소중함을 찾는 데는 반드시 시간이 필요로 합니다.

바쁘다는 핑계를 대면

우리는 아무 것도 보거나 가질 자격이 없는 것입니다.

친애하는 커피씨

일부러 시간을 내서 그동안 보지 않고 살았던

내게는 너무도 소중한 작은 것들을

아낌없이 바라보는 시간을 갖는 아침입니다.

세상을 사랑하기 위해서는

아무리 작은 세상일지라도 시간을 들여야 하는 것입니다.

시간을 들여 작은 것들을 찾아내면

예쁘지 않은 것들은 하나도 없습니다.

34

[병이 되는 날도 약이 되는 날도]

살다보면 어느 날은 병이 되고
살다브면 어느 날은 약이 됩니다.
늘 새로운 아침,
병이 될지 약이 될지 하루의 끝까지 가봐야 알겠지만
어떤 날이 될지라도 크게 힘들거나 매우 달가워하지 않으렵니다.

산책길을 나서면
고부라진 등을 벤치에 기대지도 못하고
앉아 있는 할머니, 할아버지를 만나게 됩니다.
고부라진 등은 세월의 흔적으로 고스란히 보여지고
잠시 쉬어가는 벤치에 기대고 앉지도 못하는 것으로
아직도 그분들에게 남은 고통스러운 현실을 미루어 짐작하게 됩니다.

삶.
삶은 고통일까요?
고통을 잘 견디는 과정을 세월이라 부르는 걸까요?
모든 세월에 있는 힘 다 쏟아붓고

언젠가 맞이할 황혼의 석양을 처연히 기다리는 게 인생일까요?

친애하는 커피씨

벤치에 앉은 할머니, 할아버지와 눈이 마주쳤습니다.

부처님의 미소로 웃어주시는 그분들께 나는 꽃처럼 웃고 싶었습니다.

그분들이 살아온 삶의 추진력에 존경의 마음을 전하고 싶어서였지요.

진심이 통했을까요.

고개마저 끄덕여 제가 가는 길에 너그러움과 자상함을

카펫으로 깔아주시네요.

오늘 하루가 어찌 흐르던 간에

나는 오늘 힐링의 자세로 지내겠습니다.

하루가 어떤 시간으로 다가오든 행복하려고 바둥거리지 않고

고통이라고 아파하지 않으며

그 할머니, 할아버지의 상냥하게 퍼지던 미소처럼

은근한 하루가 되도록 달달 볶아대지 않겠습니다.

행복이라면 기쁨으로 흐를 것이고

고통이라면 고이지 않게 흘려보낼 것입니다.

삶이란 게 별 거 있을까요?

그저 잡을 것은 잡고 놓을 것은 놓아야 하는 것,

물처럼 유유히 흐를 수 있도록 오늘을 애써 잡아당기지 않겠습니다.

친애하는 커피씨

병이 되는 날도

약이 되는 날도

그저 나를 세상에 존재케 하는 시간들입니다.

존재는 감정의 일이라 애를 쓰면 쓸수록 통증으로 다가오니

느슨한 마음으로 한 발짝 뒤로 물러서서

오늘을 느끼도록 하겠습니다.

쉬어가는 시간,

벤치에 조금이라도 편히 앉을 수 있다면

황혼의 석양이 더 붉게 젖어들지 않을까요?

 커피씨,

오늘의 석양에도

내일의 석양에도

벤치에 나란히 앉아 내 옆자리 지켜주실 거지요?

[오늘에 실망하더라도 내일은 다시 사랑할 수 있는 날]

사람들은 늘 내일을 기다립니다.

내일이 오면 다시 내일을 기다립니다.

오늘을 살면서도 내일이 오면 괜찮을 거라는 희망을 갖고

오늘을 살면서도 내일이면 다시 시작 할 수 있다고 생각합니다.

사실은 그토록 기다린 내일이 바로 오늘.

오늘은 항상 새로운 날입니다.

삶이 힘들어도 버틸 수 있는 건

아무리 힘든 하루일지라도 하루는 하루로 끝이 나고

내일은 다시 시작하는 하루일 수 있다는 겁니다.

끝까지 가는 행복도

끝까지 가는 불행도

사실은 존재하지 않는 것이지요.

하루살이가 하루를 사는데 종일 비만 내린다고 해도

하루살이는 불평을 할 수가 없습니다.

하지만 우리에겐 늘 내일이 있습니다.

하루 종일 비만 오는 날도 있겠지만

하루 종일 햇빛만 반짝이는 날도 있지요.

아팠던 날이 있으면 기쁜 날도 오는 것.

그래서일까요.

우리의 삶에서 낙담과 포기는 어쩌면 어울리지 않는 단어입니다.

하루는 반드시 종결되고 다른 하루가 분명 다시 시작되기 때문입니다.

오늘에 실망하더라도 내일은 다시 사랑할 수 있는 날이 되는 것입니다.

오늘 아침은 어제 그토록 바라던 새 희망의 날입니다.

오늘 다시 시작한데도 늦지 않았습니다.

할 수 있는 마음이라면

내일이 아니라 지금 이 순간 시작하면 되는 것입니다.

친애하는 커피씨

어제는 온통 아픈 하루였지만

그 하루는 끝이 나고

새 하루를 맞이했습니다.

오늘은 기쁨으로 시작하는 하루입니다.

그게 무엇이 되었든 기쁠 수 있다면 나에게 오늘은 이미 최고의 날입니다.

늘 새로운 당신,

나에게 하루의 기쁜 시작은 늘 당신이십니다.

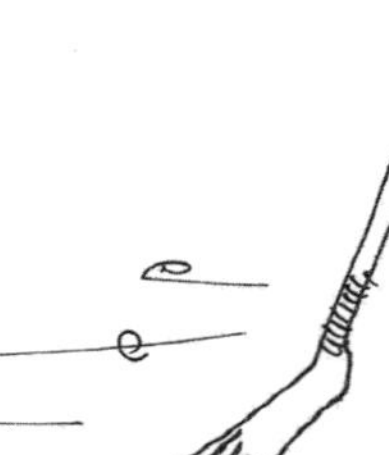

02

[열정]

누가 계속 날 때려
멈출 수가 없어

만족할 수 없다는 건
만족을 향한 의지이다.
꿈을 가능하게 해줄 신호이다.
마음이 걸어 나와
지루한 일상을 춤추게 하는 일이다.

[여유 없는 여유]

친애하는 커피씨

나는 오늘이 며칠인지,

지금이 몇 시인지 잘 모르고 살아갑니다.

숫자로 내 일상을 카운트하지 않기 때문이지요.

한 달의 시작 어느 날에는 날짜를 기억하다가도

어느새 다음날, 다음날, 그리고 다음날은

아마도 '어느 날쯤 됐을 거야'가 돼 버리지요.

기억이라는 거 무심하게 대하면 내 옆에 붙어 있지 않더라고요.

날짜를 세지 않기에 중요한 일도 잘 잊어버리지만

나는 애써 나를 위로합니다.

너무 즐거워서 시간 가는 줄 모르는 거라고.

내가 오늘이 며칠인지 또 잊었거든 지금이 많이 행복한 상태인 거라고.

그러니 잊지 않으려고 해요.

내가 소중한 것을 잘 잊은 때는

다른 소중한 것에 푹 빠져있는 중이라는 것을요.

나는 여유가 없습니다.

내가 지금 여유가 없다는 건 다른 여유를 찾았기 때문입니다.

그것은 삶에 대한 행복한 갈망일 거예요.

나 자신의 여유를 끊이지 않게 찾고 싶은 것은요.

커피씨,

나는 오늘 새로운 여유를 부리느라

예전의 여유를 돌볼 시간이 없답니다.

그래도 당신은 잊지 않습니다.

당신은 언제나 내게 0순위니까요.

[‘살고 있다’와 ‘살아 있다’]

산책을 나섭니다.

비가 와서 운치 있는 날,

길을 걸으면 천천히 스치는 풍경들이 푸근하게 나를 반겨줍니다.

이럴 땐 세상이 나를 위해 존재하는 것 같아서

살아 있는 자체가 신이 날 정도입니다.

하지만 내가 만약 걷지 않고 정지한다면

세상은 나를 무심코 지나갈 것입니다.

그렇다면 나는 살아 있는 게 아니라

그저 살고 있는 것에 지나지 않을 겁니다.

 세상에 오직 한 번 나를 느끼고 사는 삶인데

그저 살아가는 것 보다는 열정적으로 사는 게

같은 길, 같은 시간을 가더라도 덜 지루하지 싶습니다.

매일 아침이면 살아있는 생생한 삶을 느끼기 위해

모닝커피를 마시는지도 모르겠습니다.

아침이면 무작정 살아지는 시간 속에 있는 것이 아니라,

새날인 것에 소름 돋게 감사하며

열정적인 하루를 보내기 위한 마음의 준비를 마련하게 되는 거지요.

준비된 마음이 없다면 하루는 또 무의미하게 지나갈지도 모르니까요.

친애하는 커피씨

살아갈 이유를 만드는 것이 살아있는 삶의 모습이 아닐까요.

살아야 할 이유를 만들지 못하고

주어진 생명에 순응하며 사는 것은 생생한 삶의 주인이 아니라

세상에 종속된 생명으로 연명하는 것이 아닐까요.

모두가 귀한 생명입니다.

나는 소중한 사람이고 이 세상에 존재하는 이유가 분명하지요.

'살고 있다'는 '산다'이지만,

'살아 있다'는 '사는 걸 즐긴다'와 같은 의미일 것입니다.

우리는 모두가 사는 걸 즐기기 위해 살아야하지 않을까요.

나는 오늘도 사는 걸 즐기기 위한 모닝커피를 마십니다.

살기 위해 즐기는 것인지,

즐기기 위해 사는 것인지,

같지만 분명 다른 이야기.

나는 오늘 살아 있는 나를 만납니다.

나는 산다가 아니라 사는 걸 즐기는 사람입니다.

커피씨,

우리 오늘도 함께 즐겨볼까요?

친애하는 커피씨

[소중한 건 절대 포기하지 않아]

늘 지나간 어제처럼 노트북 앞에 앉았습니다.

언젠가 메모한 문장이 반갑게 시선을 멈추어 놓습니다.

"소중한 건 절대 포기하지 않아"

영화의 한 대목이었는데,

영화를 틀었지만 보지 않고

계속해서 어떤 일을 무의식적으로 하고 있었지요.

유난히 귀가에 들리는 명랑한 음색.

마치 너만 들어라 하며 크게 말하는 것 같았습니다.

무심한 일상을 살다가 전혀 모르던 색다른 광경이 눈에 보이거나

소름 끼치게 쭈뼛하는 생각이 스칠 때

노래의 가사가 심장을 울리거나

영화 속 배우의 대사 하나가 귀를 기울이게 할 때

나는 속사포로 메모지를 꺼내듭니다.

그 순간이 아니라면 모르고 지나치는 것들.

소중한 느낌이나 울림이 사라질까 찰나의 전율을 기록하는 습관이지요.

이런 거였지요.

이미 수십 번, 수백 번 지나쳐 갔을지도 모르는 느낌의 순간들.

사실 하루를 지내면서 엄청난 양의 생각과

찰나적인 좋은 느낌들을 만나지만

그다지 의미를 두지 않고 보내게 되지요.

하지만 이렇게 기록하는 습관으로 소중한 순간을 남겨두었네요.

소중해서 절대 포기할 수 없는 일을 하고 있었던 겁니다.

소중한 건 절대 포기하지 않는 나.

메모한 문장이 바로 내 모습이었습니다.

친애하는 커피씨

책을 읽다가 마음에 와 닿는 문장들은 밑줄을 긋습니다.

순간이 소중해서 사진을 찍기도 하고요.

소중함을 찾아 일부러 떠나기도 하는데요.

이렇게 중요한 순간을 매듭으로 묶어 사라지지 않게 흔적을 남겨 둡니다.

오랫동안 기억하고 싶어 달아나지 못하게 하는 것이지요.

나는 소중한 것은 절대 포기하지 않습니다.

당신이 소중해서 매일 사랑하게 되는 것처럼요.

[보 약 보 다 커 피]

어린 나이였답니다.

하루에도 여러 번 아빠가 달달한 표정으로 홀짝이는 검은색 물이

내게는 호기심 자체였습니다.

검은 물은 그윽한 향기만으로도 어린 마음을 매료시키기에 충분했었지요.

커피,

그걸 마시는 아빠의 행복한 표정에서 '참 좋은 것'이라고 짐작하게 했어요.

그 무렵 동생이 검은 물을 마시고 있었는데

향이 다르고 그걸 마시는 동생의 표정도 아빠와는 달랐지요.

몸에는 좋지만 행복하게 마실 수 없는 게 보약이었어요.

행복해서 웃는 게 아니라

웃어서 행복한 거다, 우리 다 아는 얘기지요.

몸에 좋은 약이지만 웃을 수 없으면 보약이 될 수 없다는 생각,

반면 커피는 좋은 약이 될 수는 없지만

웃으며 마실 수 있으니 보약이나 다름없다는 생각,

웃게 하는 커피라 건강에도 좋을 것 같습니다.

어린 시절 아빠는 늘 보약을 드셨습니다.

하루에도 여러 잔을 마시며 아주 편안한 미소를 지으셨지요.

나는 어쩔 수 없는 아빠의 딸인가 봅니다.

커피와 함께 하는 시간이 보약처럼 몸을 건강하게 만들어 주는 것만 같으니

까요.

친애하는 커피씨

삶의 위안이 되는 커피는 보약보다 효과가 훨씬 좋습니다.

그래서인지 중독성이 강한 편이지요.

하지만 행복한 웃음처럼 좋은 보약은 없을 테지요.

커피씨,

오늘도 커피는 내게 웃음을 선사한답니다.

내게는 언제나 보약보다 커피입니다.

[오늘이 처음입니다]

나는 오만가지가 실수투성이입니다.

늘 괜찮다고 다독이고, 힘내라고 응원하고, 내가 최고라고 마법을 걸지만

거울 앞의 나는 웃는 피에로 같기도 하답니다.

혹시나 내 인생의 조연으로 살고 있어서 그런 건 아닐까요?

나는 내 인생의 초보운전자입니다.

운전을 처음 배울 때 신호위반과 속도위반을 원치 않게 하게 되는 것처럼,

내 인생의 운전대를 잡고 길 모르고 헤매다가 신호위반과 속도위반을

심심찮게 하게 되던 걸요.

나는 실수를 인정하는 게 가장 싫었던 모양입니다.

처음부터 관용적이었다면 실수를 실수로 받아들이지 않아도 되었을 텐데

요.

나는 스스로에게 칼처럼 냉정했습니다.

남들에게는 칼날을 보이지 않으면서

유독 자신에게만 철저하고 혹독했습니다.

어쩌다 보니 스스로에게 상처를 뒤집어씌운 꼴이 되어버렸지요.

친애하는 커피씨

모든 사람들에게 오늘은 처음입니다.

모든 사람들에게 인생은 유일한 처음입니다.

한 번 허락된 삶 앞에 모두가 평등합니다.

인생을 연습하고 태어나는 사람은 없기에 누구나 서툴고 불안합니다.

이름만의 의미로 붙여진 실수가 아닌

실수가 인생의 전부가 된다면 실수라고 이름 지을 수는 없을 겁니다.

열심히 살았던 일기를 실수라고 지운다면

인생을 송두리째 지워야 할지도 모르니까요.

무엇이 잘 된 것이고, 무엇이 잘 못된 것인지 판단할 수 없습니다.

그렇다면 오늘의 최선이 내일에 실수로 인정된다면

오늘을 어떻게 살아야 좋을까요?

나를 인정합니다.

첫 사랑을 연습하지 않았기에 첫 사랑을 아픔으로 남겨야 했고,

첫 직업을 연습하지 않았기에 일과 사람의 관계가 혹독한 것을 알았고,

첫 꿈을 연습하지 않았기에 두 번째의 꿈도 첫 번째와 같은 꿈을 가져야 했답니다.

여전히 처음에 있기에 늘 서툴고 불안합니다.

하지만 처음 하는 실수들이 반복되어 내 인생을 대변하는 추억을 만들었기에 이제는 실수도 기쁘게 받아들이려 합니다.

커피씨,

오늘이 처음입니다.

내 인생에 오늘은 처음입니다.

그러니 어떤 실수를 하게 될지 나는 알지 못합니다.

다만 실수도 실수가 아닌 인생의 전환점이 되기를 바란답니다.

기쁜 실수 말이지요.

[감정 소비]

묵은 감정.

묵은 찌꺼기.

묵은지처럼 음식의 맛을 돋우지도 못하면서

묵은 먼지 되어 쌓이는 것들이 있어요.

왜일까요?

그때그때 풀지 못해 감정이 묵히면

이게 어느 순간에는 종기처럼 곪기도 하지요.

곪으면 터지는 순간도 생기고

결국은 상처로 깊은 자리를 남기고 맙니다.

결코 도움 되지 않는 묵은 것들은 빨리빨리 분리수거해야 합니다.

어떻게 할까요?

"괜한 감정 소비하지 마."

이런 말을 하는 사람들도 있겠지요.

하지만 감정은 소비되어야 합니다.

감정이 소비되지 않아 가슴에 쌓이면 숨이 막혀 살아갈 수 없으니까요.

나는 묵은 감정을 글쓰기로 소비하는 게 즐겁답니다.

감정 소비 대상으로는 아주 적절한 수단이 아닐까 싶어요.

사람을 붙들고 감정 소비를 하게 되면

사람을 잃게 되는 경우가 생기고요,

물건을 붙들고 감정 소비를 하다보면

감정도 없는 물건에 흠집만 생길 수도 있답니다.

내 감정 소비를 위해 무엇인가가 희생되어야만 한다면

나로서는 아무에게도 피해를 끼치질 않을 글이어야만 했던 겁니다.

감정이 예술로 승화되는 경우도 많지요.

아마 대부분의 예술가들이 자신의 감정 소비를 위해

예술적인 행위를 하는 것일 수도 있어요.

나는 삶을 지키기 위한 수단으로 글을 쓰지만,

때로는 나의 감정 소비가 아름다운 예술적 의미를 갖기를 바라게 되지요.

삶이 곧 예술이라고 믿는 뜬금없는 생각에서 미치는 거지만요.

친애하는 커피씨

묵은 감정들은 소비되어야만 합니다.

모닝커피 한 잔이 주는 아침 산책은

어제의 묵은 감정들을 산책길에 뿌리게 하고

오늘의 닥칠 위험한 감정들을 걸러주는 정수길이기도 한 것이지요.

커피씨,

하지만 당신은요.

내게 오래도록 묵은지 같은 분으로 남아주세요.

오래 묵을수록 깊은 맛을 내는 묵은지처럼,

당신과 교감하는 묵은 감정은 내 인생을 지탱하는 힘이 됩니다.

당신과 나.

우리 오래도록 묵어 발효되는 친구,

그런 친구로 지내도록 해요.

커피씨,

오늘도 감정 소비 시원하게 하고 출발하시길 바랍니다.

친애하는 커피씨

[어제 배운 오늘]

친애하는 커피씨

매일 공부하는 날입니다.

오늘의 책을 열고 오늘의 가르침을 받아들입니다.

창문을 열어 바람의 냄새로 오늘이 가을의 입구쯤 가고 있구나를 알고,

커피를 내리며 익숙한 향기로 내가 즐겨마시는 커피의 독특함을 알고,

계절이 바뀔 때 피부가 영향을 받아 까칠해지는 것을 알고,

어제의 짧은 잠이 오늘의 신체리듬을 둔하게 하는 걸 알고,

나의 상쾌하지 못한 컨디션이 나를 웃지 않게 하는 걸 알게 됩니다.

아주 사소하지만 작은 것이 조금 큰 것을 알게 해주고,

조금 큰 것은 많이 큰 것을 알게 해주고,

많이 큰 것은 내가 살아가는 세상을 알게 합니다.

나는 어제를 공부했기에 오늘을 살아갈 수 있는 것이지요.

첫 직장에 출근했더니 긴장되고 힘들었던 기억으로

지금 첫 출근하는 사람들의 마음을 헤아리고,

운동을 꾸준히 했더니 몸의 변화가 정신을 건강하게 하는 걸 알게 되고,

자연을 가까이했더니 인생의 답이 그곳에 있음을 알게 됩니다.

여행을 떠나보면 짐 잘 싸는 방법을 터득하게 되고,

산에 올라보면 힘든 것만큼 내가 사는 이 세상이 얼마나 아름다운지 알게

됩니다.

삶은 살아가는 자체가 공부입니다.

아무것도 모르고 먹고 싸는 본능만 가지고 태어나

지금까지 쌓은 하루에 나는 참 많은 것을 공부하며 살았습니다.

사람들은 더 좋은 공부를 하겠다고

돈을 들이고, 비행기를 타고 멀리 날아가기도 합니다.

하지만 가장 좋은 공부는 그냥 오늘을 살아보는 것이지요.

오늘의 경험이 내일도 오늘답게 살도록 할 것입니다.

경험, 인생 공부는 대신해줄 수 없습니다.

스스로가 하루를 살고 얻어지는 공부로

불안한 내일을 대처하게 하지요.

늘 처음이고 새로운 아침을 배워서

내일의 전혀 다른 아침을 살아가는 것입니다.

학교에서는 지식을 배우지만 생활에서는 지혜를 배웁니다.

또, 지혜로운 사람은 사람을 배워갑니다.

친애하는 커피씨

잘 노는 것도 방법을 배워야 하듯,

인생을 즐기기 위해서는 내게 주어지는 하루를 잘 배워가야 합니다.

오늘은 무엇을 배우게 될 하루인지 궁금합니다.

나이가 들어갈수록 하루에게 배우는 것들이 점점 많아집니다.

시간, 든, 사랑, 일, 관계, 신앙…

알아가는 기쁨이 쏠쏠합니다.

그러니 오늘 잠만 자기에는 아깝다 말할 수 있습니다.

도전을 한다면 하루에도 많은 것을 배울 수 있으니까요.

오늘의 좋은 아침 보내기를

어제 아침에 배운 것으로 신나게 즐겨 봅니다.

커피씨.

오늘은 어제보다 더 좋은 아침입니다.

[지금 이 순간 필요한 것]

어김없는 시간은 나를 월요일 아침에 데려다 놓습니다.
사실 오늘이 무슨 요일인지, 며칠인지
인식하지 못하고 살 때가 있었습니다.
바빴던 게 이유라고 들고 싶지만,
안일했던 게 더 큰 요인이었던 걸 감출 수가 없습니다.

한참 신나는 여름방학을 보내고 있는 큰 아이가
오늘부터는 학교에 나가게 되었습니다.
어젯밤,
"내일 준비물은 뭐야?"
"자신감"
준비물이 자신감이라고 얘기하는 아들입니다.
이 나이가 되도록 미처 챙기지 못했던 준비물,
아주 큰마음 하나를 아들에게서 배우게 되었습니다.
오늘에 필요한 건 무엇보다 '자신감'이었습니다.

덥고 짜증이 절로 생기는 월요일입니다.

시작이라는 부담감,

다시 한 주를 열심히 살겠다는 비장함,

아무것도 포기할 수 없게 하는 책임감.

이 3종 세트만으로도 충분히 더워지는 아침인데요.

이럴 때 필요한 한 가지.

어젯밤 아들이 들려준 오늘의 준비물,

바로 자신감입니다.

마음 안에서는 이미 자신감이 주섬주섬 살아나는 것 같습니다.

친애하는 커피씨

걱정은 스트레스를 낳고, 스트레스는 건강에 해롭지요.

그럼 으늘이 세상에서 가장 좋은 날이 될 거라는

마음의 준비를 하는 건 어떨까요.

커피씨,

지금 이 순간 필요한 것은 자신감.

잊지 말고 챙기시길 바랍니다.

[글 로 잘 노 는 법]

내게 글쓰기란 글로 잘 노는 것을 의미합니다.

쏟아져 내리는 감정을 데리고 갈 곳은 놀이터였지요.

나는 아주 어려서부터 일기를 쓰게 되었어요.

일기장이 나의 놀이터인 셈이었지요.

어려서는 문법이 그리 중요하지 않았답니다.

문법이 뭔지도 모르는 시절이었으니까요.

그냥 느끼는 대로 글을 가지고 놀면 그것으로도 충분히 즐거웠으니까요.

"하늘이 참 빠르다."

"산은 움직이기 싫어해."

대충 이런 식의 글들과 놀았었답니다.

하지만 학교에서는 문법에 맞는 글을 지으라고 했어요.

나는 또 그렇게 학교가 가르치는 글을 배우고 쓰며 살아야 했지요.

글로 논다는 건 문법과는 상관없는 창조 작업입니다.

그림을 그리는데 방법을 알려주고 배운 대로만 그리라고 했다면 아마 미술사의 발전은 없었을지도 모릅니다.

모두가 독특하지 않은 비슷한 그림을 그렸을 테니까요.

글도 그림처럼 자유롭게 그려져야 한다는 생각입니다.

형식과 원칙을 따지다 보면,

글이든 그림이든 차별화된 예술성을 갖기는 힘들겠지요.

문법적인 세상은 어른의 세상입니다.

아이들의 세상은 자유로움이 먼저이지요.

친애하는 커피씨

작가는 대중을 만족시킬 의무를 가지지 않습니다.

작가는 자신이 만족하는 예술을 창조하는 사람들이지요.

자신이 만족하는 글로 놀았을 때

몇몇의 독자들은 따뜻한 공감을 주고 소통을 원하게 되지요.

창의적인 것은 대중적이지 않지만

소수의 독자에게 주는 만족은 커질 수 있는 것입니다.

언어는 인간의 삶을 대변하고 있습니다.

말이 즐거워야 삶이 기쁘기 때문이지요.

개그를 즐기는 이유도 말로 인생의 재미를 찾기 위함일 겁니다.

재미있는 말,

창의적인 언어는

사람들의 삶을 자유롭게 한답니다.

아이들은 글로 잘 노는 법을 압니다.
어릴 적 내가 그랬던 경험처럼 말이지요.

나는 글을 쓰는 사람이 되었지만 문법에 중점을 두는 언어교육보다
어려서는 글 놀이터에서 자유롭게 노는 것이 좋다고 생각합니다.
어린 시절에 딱딱한 언어에 학습되어지면,
어른이 되어서도 모든 생활은 창조적일 수 없게 되지요.
안타깝게도 재미없는 삶을 살아가는 방법을 배우게 된 셈이지요.
유쾌하지 않은 사람들의 생활은 말 자체가 재미가 없습니다.
어른들이 아이들처럼 해맑게 웃을 수 없는 이유이기도 합니다.

커피씨,
글쓰기는 글로 잘 노는 것을 뜻합니다.
나는 오늘도 재미난 하루를 위해 글로 노는 것을 즐기는 중입니다.

나만의 글 놀이터에 매일 놀러 오시는 당신,
반갑습니다.
고맙습니다.

친애하는 커피씨

[아침에 카페인이 필요한 이유]

살수록 세상에 무뎌져 갑니다.

그럴수록 나는 커피를 마시지요.

무감각한 세상에게 내가 보내야 할 메시지는 가슴 두근거림이라서요.

나는 세상의 아름다움을 격하게 느끼고 싶습니다.

하루의 시작 앞에 서면

무의식적으로 어쩌면 오늘도 어제의 연장이라고,

의미 잃은 잡념이 몰려오지도 모릅니다.

커피를 마시면 심장이 두근거립니다.

나른한 일상으로 다가올 사랑을 바라보며 설렐 수 있고,

달력의 날짜들은 내가 받을 선물의 카운트인 것처럼 느낄 수 있고,

아무 느낌 없이 하늘을 올려다보지 않아도 되고,

세수하고 만지는 화장기 없는 얼굴에서

아직은 소녀의 흔적도 찾을 수 있답니다.

희한하게 말이지요,

이 아침에 커피를 마시면 나는 세상과 멋진 데이트를 하게 되지요.

가끔은요,

카페인과 친구를 하듯 알코올하고도 친구를 하면 좋더라고요.

카페인은 나의 아침 친구로 최고이고

알코올은 가끔 보고 싶은 나의 밤 친구로 최고입니다.

알코올은 세상에서 가장 정직한 친구이기도 해서

아무래도 오래도록 사귀어 깊은 우정을 쌓게 되지요.

친애하는 커피씨

세상은 늘 아름다운 변화를 추구합니다.

나는 그것을 한 치도 놓치고 싶지가 않아서

오늘도 커피를 마시며 느슨해진 감각을 깨우고 있습니다.

커피씨,

모닝커피 한 잔이면 세상이 아름다운 옷으로 갈아입습니다.

나는 당신을 통해 아름다운 세상을 잃어버리지 않아도 되지요.

하루의 시작에는 모닝커피가 필요합니다.

아침에 커피 한 잔은 아름다운 세상과 무딘 나를 이어주는

훌륭한 소통지기가 되니까요.

[열정의 잔치, 열광의 사색]

으스스한 기운.

얇은 스웨터를 꺼내 입었어요.

이렇게 문득 가을이 와버렸습니다.

지금부터는 눈에 힘을 주고 마음에 준비를 서둘러

세상이 색으로 변하는 모습을 감상할 때입니다.

음악 감상회를 가면 온 마음을 귀에 집중하고

음악에만 몰두하여 차오르는 느낌을 가만히 받아들이지요.

행복한 감동은

때로는 옅은 미소가 되고

때로는 가장 좋았던 기억을 떠올리게 하고

때로는 환희의 눈물이 되어 흐르기도 하지요.

열정의 색으로 물드는 세상을 감상할 때도 마찬가지지요.

가을은 열정적인 계절입니다.

자연이 제 스스로 온갖 색을 뿜어내기 때문인데요.

나는 잠자코 그 열정적인 변화를 기다려 맞이하면 되는 거지요.

친애하는 커피씨

기뻐서 우는 사람이 있을 것이고,

슬퍼서 우는 사람도 있을 가을입니다.

가을은 그만큼 많은 사람들을 울게 합니다.

하지만 열정이 가득한 사람들이라야 열정의 계절을 맞아 흠뻑 울 수 있는

거겠지요.

나는 가을을 가장 사랑합니다.

가을에 밀착되어 가는 처음 길에서는 기뻐서 울 것이고,

가을의 절정에 도착해서는 슬퍼서 울게 될 테지만

나는 가을을 맞으면 온갖 열정을 뿜을 수 있어서

이 계절을 사랑하지 않을 수 없습니다.

커피씨,

가을을 사랑하는 나는

세상이 열정적인 색의 잔치를 벌이는 동안

열광적인 사색을 즐길 것입니다.

당신도 나와 함께 하실래요?

[미친 글]

습관이란…
결국 오늘 아침도 다른 일들을 모두 미루고
마음이 시키는 대로 당신에게 글을 쓰고 있어요.
당신에게 물드는 시간이 늘어나고 깊어질수록
나는 점점 더 당신을 닮아가네요.

조심스럽게 마음을 꺼내놓는 순간들.
미치도록 글로 표현하는 마음들.

책을 읽다가도 한 손은 펜을 들고
운전을 하다가도 입으로 주절주절 녹음하고
영화를 볼 때면 팝콘 대신 수첩을 작정하여 꺼내고
길을 걸을 때면 수시로 핸드폰 메모장을 이용하고
샤워할 때는 잊을까 생각난 문장을 달달달 외우고
글을 즐기는 시간이 아니고서는
이 엄청나고 요란한 생활을 버텨낼 수 없을 것 같아서요.

나는 많은 기대를 몸에 걸치고,

엄청난 일의 양을 휘몰아쳐 받아내고,

나를 잃어버리지 않으려고

미치도록 글 앞에서 행복함을 느끼는 것입니다.

친애하는 커피씨

좋은 사람을 만나면

좋은 책을 읽게 되면

좋은 곳에 멈추어 서면

나도 모르게 그 사람을, 그 책을, 그곳을

닮고 싶다는 생각이 들어요.

그것들을 글로 풀어야만 될 것 같지요.

내가 원하는 것을 원하는 대로 원하는 만큼 글로 쓸 수 있다면

쉴 틈 없는 인생 사이사이가 나무 그늘 밑 한가로운 오후의 낮잠처럼

평화롭고 고요할 테지요.

커피씨,

몰랐습니다.

하지만 잘 알겠습니다.

인생의 가장 큰 깨달음은 자신의 마음을 잘 들여다보는 것이란 걸요.

인생에서 최고의 스승은 자기 자신이란 걸요.

글을 가까이하는 것,

글을 읽고 글을 쓰는 시간들로

나는 잃어가는 것들에서 나를 다시 찾아오곤 했지요.

세상이 내 마음을 훔쳐 가지 않게

세상이 내 몸을 가져가지 않게

나를 도둑맞거나 잃어버리지 않는 방법이 글이 되었던 것입니다.

쓰지 않고서는 이 복잡한 하루를 무엇으로 견딜 수 있을까요.

나를 잃고 울지 않기를

내게서 내가 빠져나가지 않기를

세상에 놓인 내가 외롭지 않기를

나는 그렇게 삶을 지탱해 나가고 있는 것이지요.

커피씨,

당신을 만나 정말 다행이에요.

다시 시작하는 아침입니다.

일 년을 다 채우고 새로운 하루를 맞이하니 다시 처음이라서 좋습니다.

뭔가 조금 모자라거나 작은 실수를 해도

왠지 이해해줄 것만 같은 여유로움이 생깁니다.

어딘가에 도착할 시점이 되면 가득 채웠다는 부담감 내지는

반대로 뿌듯함이나 나쁘게는 자만심이 들 수도 있지만,

처음이라는 시점은 긴장은 되어도 앞으로 채워갈 공간의 여유가 많아서 좋

습니다.

목표가 커지면 부담감도 커집니다.

반대로 목표를 조금 작게 설정하면 부담감도 줄어들지요.

100을 목표로 하고 100까지 채우기가 버겁다면

10을 목표로 세우고 10번을 반복하면 훨씬 쉬워집니다.

10번이 채워질 때마다 성취감도 반복되어 갑니다.

시작이 거창하지 않아도 결과가 원래의 100을 목적으로 갈 수 있는

빠르고도 쉬운 방법입니다.

친애하는 커피씨

당신께 보내는 편지들도 그렇게 작은 숫자 단위로 쌓여간 것입니다.

1년 동안 편지를 썼기에 오늘은 다시 시작하는 첫 편지입니다.

아마도 1년을 12달로 나누어 한 달을 목표로 끊어갈 것입니다.

대략 30번을 12번 반복하면 다시 기념일을 맞게 되겠지요.

사실 삶의 모든 할 일들을 이렇게 작은 단위로 나누어 해낸다면

해내지 못 할 일이 없을 것입니다.

천리 길도 한 걸음씩 걸어야 한다는 옛말은

아주 현실적으로 큰 도움을 주는 메시지입니다.

아무리 좋은 일도 흥미를 잃게 되면 계속해서 반복하기가 힘들어지지요.

행복은 작은 것에서 출발합니다.

작은 것을 이루면 또 작은 것을 이루는 반복으로

우리가 꿈꾸던 큰 행복에 가까워질 수 있습니다.

당신께 첫 편지를 드립니다.

아주 작은 행복 하나 마련했으니

오늘 하루 내내 웃으며 지낼 거라 생각됩니다.

커피씨,

첫 번째 사랑의 편지.

오늘도 달콤하게 읽어주셨으리라 믿습니다.

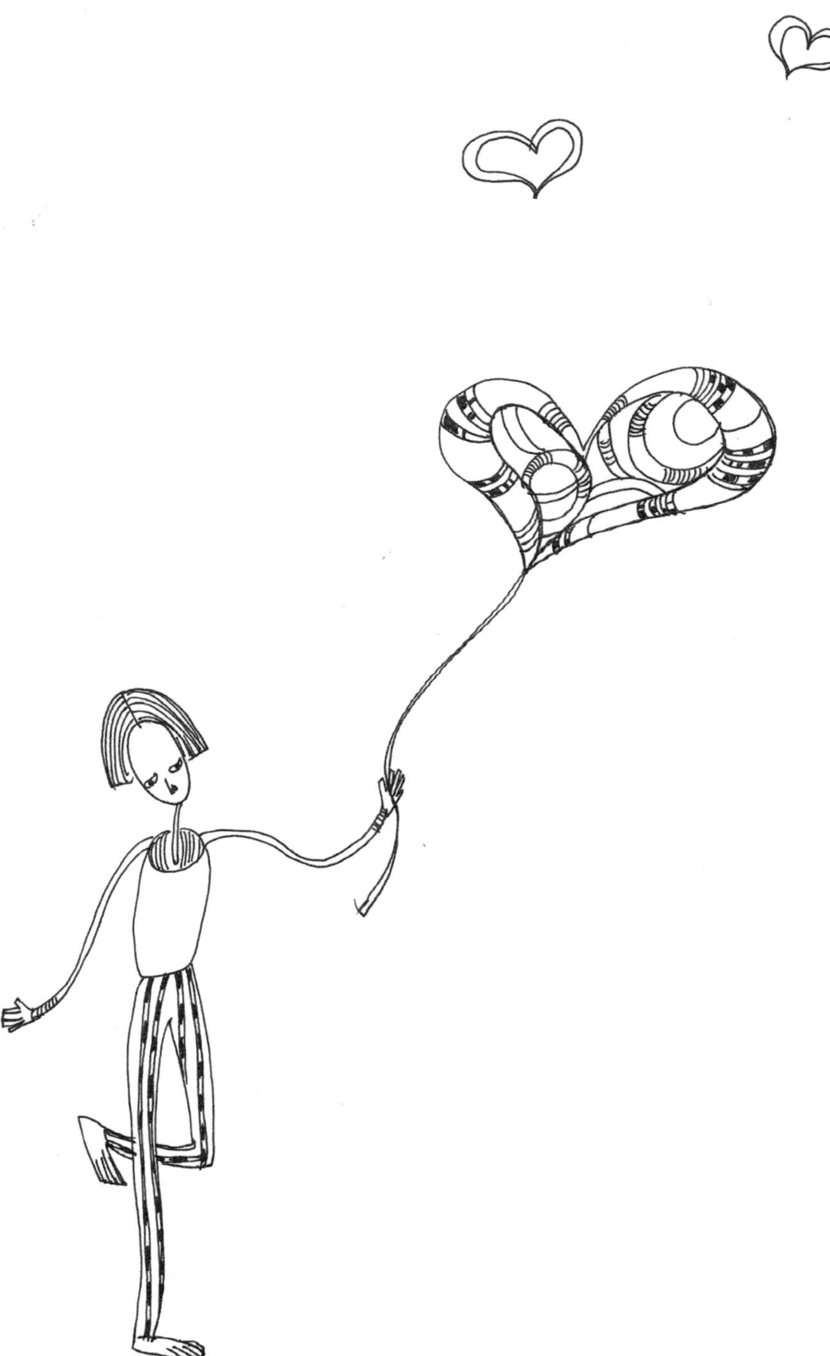

03

[사랑]

같으면 당기고
다르면 밀어내는 일
그림자를 떼었다 붙였다 하는 일

내 안에 남을 들인다는 자체가 어색할 때가 있다.
나는 나이어야 하는데 그 사람이 자꾸 내 안으로 밀고 들어와
내 공간이 불편해지는 까닭이다.
하지만 때로는 누군가에게로 옮겨가고 싶을 때도 있다.
그 사람에게로 들어가 그의 모습으로 온전하고 싶다.

[사랑하고픈 이유]

설렘 한아름 갖고 출발하는 아침입니다.

커피 잔에서 하얗게 오르는 뜨거운 김을 보며

오늘도 하루가 사랑으로 모락모락 피어오를 것 같아 흐뭇해집니다.

당신은 지금 사랑하고 계신가요?

만약 사랑을 하고 있다면,

혹 예전에 사랑을 했다면,

사랑을 할 때 세상이 얼마나 아름다운지 알고 있겠지요.

사랑을 하는 동안에는

평범하던 세상이 예전과는 다르다는 것을 느끼게 됩니다.

사랑을 할 때에는

아침의 태양이 나를 위해 떠오르는 것 같고,

열 시간이 넘는 거리도 10분처럼 달게 느껴지고,

하루 종일 종달새처럼 수다스럽고,

한 송이의 꽃으로 백송이의 꽃을 받아든 것 같고,

하루 종일 퍼붓는 비도 감사하고,

친애하는 커피씨

감기에 걸려 앓아누워도 내일은 거뜬히 일어날 수 있고,

익숙한 노래가 2배로 감미롭고,

오월의 햇살이 사랑하는 이의 눈길처럼 부드럽고,

하루가 날마다 멋진 여행이 되고,

사랑을 할 때에는…

이루 헤아릴 수 없는 것들이 모르던 감동이고 최고의 환희가 된답니다.

이 모든 행복한 느낌을 가질 수 있다는 것이

내가 사랑하는 사람이 되어 살고픈 이유 입니다.

친애하는 커피씨

사랑을 하는 동안에는

나의 오감은 최상의 컨디션이 되어

세상의 기쁨에는 더욱 크게 웃게 되고

세상의 슬픔에는 의연하게 넘기게 되고

세상의 고통에는 당당하게 맞서게 되고

세상의 보이지 않던 평범함이 세상의 소중한 보물임을 발견하게 됩니다.

이처럼 누구나가 가질 수 없고 볼 수 없고 찾을 수 없는 것들이

사랑하는 동안에는 내게 머무르는 것을 알고 있습니다.

그러한 이유로 나는 사랑하지 않을 수 없습니다.

사랑할 때 느끼는 세상과

사랑하지 않을 때 느끼는 세상은 하늘과 땅의 거리처럼

너무나도 큰 차이가 있기 때문입니다.

친애하는 커피씨

나는 사랑하며 사랑으로 보이는 세상에 살겠습니다.

보이는 세상보다 더 아름다운 세상을 포기하지 않으렵니다.

당신은 어떤가요?

당신도 나처럼 보이는 세상보다 아름다운 세상을 보고 계신가요?

당신과 마주하는 아침이

아름다운 세상과 마주하는 시간이 되는 것은

내가 분명 당신을 사랑하는 이유겠지요.

커피씨,

나는 당신을 사랑합니다.

78

[사랑한다면서...]

현재 기온 영상 1도.

배신당한 사랑과 닮은 아침입니다.

어제는 내가 사는 아파트에 화사하게 핀 벚꽃나무 아래를 지나는데

심장이 살 밖으로 나오는 줄 알았습니다.

그런 사랑이었습니다.

심장이 반응하는 좋은 냄새가

잔잔한 바람의 꼬리를 잡고 지나갔더랬습니다.

그 사랑을 기억나게 하는 냄새.

황홀하게 따뜻하던 벚꽃나무길은 사랑의 기억을 밟고 걷게 했습니다.

흔들리지 않은 사랑은 없는 걸까요.

배신하는 사랑.

오늘은 어제를 배신합니다.

사랑한다면서 가버립니다.

어제는 따뜻하게 나를 안아주더니 오늘은 차갑게 등을 돌립니다.

몹시 추웠던 사랑처럼 오늘 아침은 바람난 봄날입니다.

친애하는 커피씨

사랑한다면서 가버린 사랑이라면

사랑이 거짓말인가요.

사랑이 착각이었나요.

따뜻한 미풍으로 웃게 해놓고

차가운 칼바람으로 얼게 하는

봄날은 거짓인가요.

봄날은 착각이었나요.

친애하는 커피씨

나의 봄날은 이대로 괜찮은 건가요.

이번 봄은 믿지 못할 사랑입니다.

사랑해선 안 될 님입니다.

떠난 사랑이 되어 자꾸 외롭고 춥게만 합니다.

상당히 추운 아침,

봄인데 봄을 실감하기 어려운 아침,

감기가 슬며시 찾아든 아침입니다.

콜록콜록 기침 소리로 배신하는 봄을 꾸짖어 봅니다.

커피씨,

이 아침은 그냥 지나는 차가운 바람 한 점일 겁니다.

감기 들지 마시고

지난봄에 대한 그리움도 들이지 마세요.

이 시간이 가면 내일은 다시 환한 봄날일 테니까요.

우리 따뜻할 내일을 위해 함께 커피하며 웃도록 해요.

[당신만을 사랑해]

사랑하는 사람들을 떠올려봅니다.

사랑이 오래 묵으면

사랑이 편해지게 됩니다.

사랑이 편해지면

사랑이 불편한 말들을 만들어 갑니다.

사랑해, 라고 말하고는

사랑하지 않은 말과 행동을 하게 됩니다.

사랑이 나이가 들면

사랑도 힘없는 꼬부랑 지팡이가 되어갑니다.

사랑하는 날에는 세상을 향해 두 팔 벌려 달려가지만

사랑하지 않는 날에는 세상에게 팔짱을 두르고 외면하게 됩니다.

사랑이라 불러 놓고

사랑을 지킬 수 없다면

사랑, 가질 자격도 없습니다.

친애하는 커피씨

사람과 사람이 만나 사랑하라고 우리는 혼자일 때 쓸쓸함을 배웠습니다.

사랑한다면서 혹 외롭거나 쓸쓸하다면

이는 사랑이라 이름 할 수 없는 근거가 됩니다.

지금 사랑하는데도 외롭다면 그것은 열열이 사랑하지 않기 때문이지요.

친애하는 커피씨

사랑은 있거나 없다.

가벼운 사랑은 사랑도 아니다, 라고 토니 모리슨이 말했습니다.

그리고

미숙한 사랑은 '당신이 필요해서 당신을 사랑한다'고 하지만

성숙한 사랑은 '사랑하니까 당신이 필요하다'고 합니다.

윈스턴 처칠의 말입니다.

사랑한다면 확실한 사랑을 해야지요.

사랑이라고 하고는

사랑인지 아닌지 상처와 아픔을 준다면

상대를 병들게 하는 거라면

사랑하지 않는 것보다 더 나쁜 것입니다.

사랑이 오래되어 편해지면

자신도 모르게 사랑하는 사람에게 말과 행동으로 아픔을 주게 됩니다.

사랑한다면,

지금의 사랑이 진정 사랑이라면

우리는 더 많이 사랑하고, 사랑하며 살아야 하지 않을까요.

헨리 데이비드 소로우는

'더 많이 사랑하는 것 외에 다른 사랑의 치료약은 없다'고 했습니다.

이처럼 사랑에 상처가 있다면 더욱 사랑해야 할 것이고

아직 사랑이라 하더라도 더욱 사랑해야 할 것입니다.

한 번 살아가는 인생에

한 번의 열열한 사랑이면 족한 것입니다.

앞에 놓인 사랑을 두고 다른 사랑을 찾는 이가 있다면

그들은 평생 사랑으로 행복할 자격이 없는 것입니다.

사랑한다고 하고서

사랑을 지킬 수 없다면

사랑을 가질 자격도 없는 것입니다.

친애하는 커피씨

안심하세요.

나는 오로지 당신만을 사랑합니다.

[섬, 여자, 사랑]

여자들은 사랑 때문에 웁니다.

이미 깨진 사랑 때문에 아파서 울고

바라봐주지 않는 사랑 때문에 지쳐서 울고

아직 오지 않은 사랑 때문에 우울해서 웁니다.

사랑이 뭐길래요?

살아 있는 자의 가장 큰 고통이 멈추어 있는 것이라서 그런 걸까요?

사랑이 지속되지 않으면

마치 한 여름 갈증이 심할 때 물을 마실 수 없는 것으로

생명의 기운이 사그라지는 불안함 같은 이유 때문일까요?

하지만 모두에게 사랑 받을 필요는 없습니다.

어느 날은 배우 윤여정의 인터뷰를 보았습니다.

그녀가 하는 말,

사람은 혼자여도 외롭지만 둘이여도 외롭습니다.

어차피 인생은 혼자 가는 여정입니다.

홀로 가는 길에 만나는 홀로인 사람들과 동행하면 됩니다, 라고요.

사랑은 소유하는 것이 아니지요.

올 수도 있지만 떠날 수도 있다는 거.

떠날 수 있지만 다시 돌아올 수도 있다는 거.

사랑이 왔다고 사랑을 강아지처럼 목줄로 묶어

그 자리에서만 짖어대는 순종을 바랄 수는 없습니다.

그리스 신화를 보면 신들의 세계도 사랑 때문에 혼돈의 전쟁을 겪거늘,

하물며 사람들의 사랑이 온전할 수 있을까요.

친애하는 커피씨

사랑은 아픔을 항상 동반합니다.

어쩌면 아픈 것이 사랑이기도 하지요.

사랑, 달콤해서 누구나 원하지만

정작 사랑을 하고 사랑의 아픔을 겪으면서

비로소 인생의 깊이를 알아가게 되지요.

사랑의 유동성은 누구도 예측할 수 없습니다.

사랑이 내게 오다가 멈춘다고 해서 삶이 멈추거나 끝나지는 않지요.

하지만 사랑은 삶을 지탱해줄 아주 강인한 생명을 지녔습니다.

그런 이유가 또 살아가는데 사랑이 아니면 안 될 것 같은 환상을 갖게도 하

지요.

그럼에도 사랑하는 게 좋습니다.

주말입니다.

주말에는 혼자인 것보다 옆에 사랑하는 사람이 함께인 것이 좋습니다.

인간은 섬처럼 살아가지만 섬이기를 바라지는 않습니다.

섬이 되는 것은 스스로를 멈추는 것이기 때문입니다.

커피씨,

멈추지 말고 사랑하는 날 되시길 바랍니다.

[원수를 사랑하지 말자]

친애하는 커피씨

'원수를 사랑하라'

가능한 일인지요?

과거에는 이 말이 통했을지도 모릅니다.

하지만 세월 따라 변하지 않는 것도 없던걸요.

한결같을 것만 같은 사랑도, 사상도 모두 변하지 않던가요.

세월에 맡겼던 삶이 철이 들었다면

진부한 상념은 이제 던져버려야 하지 않을까요.

원수를 사랑하라고 했더니

정말로 사랑하는 사람들이 있습니다.

과거에 아픈 상처를 준 사람들을 가슴에 품고 다니며 시시때때로 꺼내서

미움으로, 분노로, 억울함으로 야금거리며 곱씹고 있지요.

사랑이라는 이름으로 말입니다.

'용서'라는 거 쉽지 않습니다.

어차피 안 되는 거라면 용서하느라 힘들지 말았으면 합니다.

생의 중요한 길목마다 곁다리로 함께 하며

싫다는 마음에게 참으라고만 하지 않았으면 합니다.

'원수를 사랑하지 말자'고

이제는 좀 솔직하고 당당하게 말해야 하지 않을까요.

왜 안 되는 걸 참아가며 힘든 인생살이를 이어가야만 하는 걸까요.

좋은 사람이 더 많은 세상이잖아요.

좋은 풍경을 만나면 감탄이 절로 나오듯

좋은 사람들과 함께 하면 마냥 흐뭇해지지요.

자신을 힘들게 한 사람일랑 마음에서 지워버리고

좋은 사람들과 기쁜 추억 만들고 살면 아픔 따윈 사라질 텐데요.

커피씨,

자신에게 아무거나 먹이지 말고,

아무 사람이나 만나지 말고,

아무데나 돌아다니지 말자고 말하렵니다.

왜냐면, 나는 소중하니까 값지게 대해줘야지요.

원수를 사랑하지 않아도 된다고 인정하는 것만으로도,

용서는 꼭 해야 하는 게 아니라는 것만으로도

삶은 훨씬 즐겁고 희망적입니다.

그렇다면 이제는 말해주세요.

애써 용서하지 않아도 된다고

원수를 사랑하지 않아도 된다고 말이지요.

휴~

용서할 사람을 놓아버리니 속이 다 후련합니다.

참 좋은 아침입니다.

친애하는 커피씨

[내가 아직 당신의 관심인 것 같아 다행입니다]

푸른 어둠,

청아한 공기가 부드럽게 다가오는 새벽입니다.

새벽의 부드러운 커피향으로

이렇게 가끔 나의 안부를 물어주는 커피씨,

나는 아직 당신께 관심의 대상인 것을 느끼게 됩니다.

멀리 있어도 종종 나의 안부를 물어오는 분들이 계십니다.

잘 알지 못하는데도 나의 근황을 알고 싶어 하고

혹여 좋은 일은 없는지 함께 공감해주는 분들이 계십니다.

내가 누군가의 관심 안에 있다는 것은

내가 살아가는 즐거움이기에 그분들께 감사하지 않을 수 없습니다.

우린 서로에게 좋은 영향을 미치는 관계입니다.

당신은 나에게 엄청난 영향을 주고 있고,

나는 또 누군가에게 영향을 주는

우리 모두는 서로 맞물려 서로가 서로를 바라보고 의지하며 살아갑니다.

작은 관심일지라도 이는 매우 소중한 믿음의 발판이 된다는 것을 외면할 수 없습니다.

서로에게 신뢰할 수 있게 되는 것은

관심으로 출발한 믿음이 쌓였기 때문입니다.

친애하는 커피씨

당신도 내가 궁금한가요?

만약 그렇다면,

내가 아직 당신의 관심인 것 같아 다행입니다.

당신 역시 나의 관심의 대상이라는 거 잊지 말아주세요.

[사랑하는 사람에게만 보이는 세상]

나는 오늘도 사랑을 노래합니다.

마치 세상에는 사랑이 전부인 것처럼

나는 모든 일들을 사랑으로 노래합니다.

사랑의 눈을 가지게 되면

보이지 않던 아름다움을 볼 수가 있습니다.

사랑의 마음으로 사람을 만난다면

그 사람이 지닌 사랑을 알아볼 수 있습니다.

사랑하는 사람이 되면

나는 사랑받는 사람이 될 수 있습니다.

사랑이 이토록 좋은 걸 알기 때문에

나는 한시도 사랑하지 않을 수 없습니다.

친애하는 커피씨

진정한 사랑에 눈을 뜨면

평소에는 보이지 않던 세상의 많은 것들이 보이게 됩니다.

사실 세상에 없는 건 없지요.

보이는 게 다가 아닌 세상,

사랑의 눈으로 세상을 대하면

보이지 않던 것들이 순간 따뜻한 햇살이 되어

가슴애 꽉 들어차는 것을 느끼게 됩니다.

따뜻한 봄의 햇살은 메마른 가지에 꽃을 피우게 하고

얼어붙은 강물을 녹여 유유히 흐르게 하고

움츠린 사람의 어깨를 펴고 옆 사람과 어깨동무를 하게 하지요.

그 따뜻한 햇살 한 가닥이 사랑의 기운이며

우리가 사랑을 하게 될 때에는 내 앞에 펼쳐지는 그 어떤 땅들도

아름다운 꽃의 정원이 되는 것이지요.

사랑하는 사람에게만 보이는 세상,

그런 세상의 존재를 알게 되면

더 이상 사랑하지 않고 살 수가 없게 됩니다.

사랑하는 사람에게는 비바람과 눈이 내리는 이 엉뚱한 4월의 봄도

마냥 예쁘고 감사하게만 느껴지지요.

사랑은 나무라지 않고 포용하며

사랑은 있는 그 자체를 아름답게 받아들일 줄 알기 때문입니다.

사랑은 잘못을 탓하지 않고 사랑은 내일의 가능성을 믿어주기 때문입니다.

사랑은 내가 살아있다는 대단한 감정을 극도로 느끼게 해줍니다.

친애하는 커피씨

나는 오늘도 사랑이 다인 줄만 알고 살 것입니다.

미치도록 아름다운 하루가 다인 줄만 알 것입니다.

온 마음을 다해 당신을 사랑할 것입니다.

[아름다운 중독]

집을 떠나 새로운 곳에서 뜻 깊은 아침을 맞이합니다.
오늘이 친애하는 커피씨에게 300번째 편지를 쓰는 날인데요.
300일 동안 단 하루도 거르지 않고 이렇듯 마음의 편지를 쓰고 있어
감회가 새로운 날이기도 합니다.

마음을 한 곳에 두고 정성을 들인다는 것은
사랑하지 않으면 가능하지가 않지요.
사랑한다 해도 마음을 다하지 않는다면
사랑의 표현이 꾸준하기가 어렵지요.
아마 나는 커피씨 당신을 사랑 그 이상으로 사랑하나 봅니다.

뭔가 하나에 꾸준히 마음을 다하다 보면
점점 발전하는 나를 발견하게 됩니다.
뭐든 처음은 미숙하지만 반복을 통해 성숙한 단계로 옮아가게 됩니다.
생각과 마음씀도 매일 반복을 하면
어느새 처음과는 달라진 성숙한 내 모습에서 기특함마저 느끼게 됩니다.

~동안은 세상에서 가장 행복한 순간이고

내가 살아있는 순간입니다.

누군가 그러더군요.

내가 안다고 세상을 아는 게 아니고

모른다고 존재하지 않는 것은 아니다, 라고 말이지요.

꿈을 꿀 수 있는 동안에는 끊임없이 꿈을 지켜야 합니다.

꿈을 꾼다고 모든 꿈이 이루어지는 것은 아니지만

꿈은 마음에 항상 존재한다는 거,

꿈을 꾸는 동안에는 꿈에 있는 것이고

꿈에 조금 더 가까이 다가가는 거라는 거,

꿈을 지키기 위해서는 꿈을 이어가는 노력이 중요하다는 것을 알았습니다.

친애하는 커피씨

나는 당신에게서 300일간의 힐링을 선물 받았습니다.

그 동안 많은 일이 내 속에서 꿈틀거렸고

나는 현재 생생한 꿈에 있습니다.

모두가 당신 때문이지요.

나는 커피씨 당신께 날로 아름답게 중독되어 갑니다.

[진짜 사랑]

세상에서 가장 소중한 것들은 눈에 보이지 않습니다.
형태가 없어 만질 수 없고 색도 없고 향도 없습니다.
그래서일까요?
사람들은 소중한 것에 자꾸 착각의 옷을 입혀줍니다.
혹시나 볼 수 있기를 바라는 마음에서 시작된 것이겠지요.

세상이 살아갈만하다고 생각 되어지는 순간은
좋은 친구를 만났을 때입니다.
세상이 눈부시게 아름다워 보이는 순간에는
사랑하는 사람을 만났을 때입니다.
세상이 가장 평온하게 느껴지는 순간은
부모의 사랑과 관심을 받을 때입니다.
대상이 다르고 감동이 달라도 이 모두는 사랑입니다.
세상에서 가장 소중한 이름입니다.

친구를 사귈 때 가식을 입히니 답답하고 불편합니다.
연인을 사귀거나 부부를 대할 때 조건을 입히니 화려하되 내 것이 아닙니다.

자식이 부모를 대할 때 희생을 당연하게 입히니

돌아오는 것은 따가운 눈물이 됩니다.

우리는 소중한 것을 있는 그대로 받아들이지 않고

알면서 모르는 척 상대에게 후회할 주문서를 내밀어 버립니다.

세상에서 가장 소중한 '사랑'이라는 존재는 보이지는 않지만

마음에 살게 할 수는 있습니다.

만질 수는 없지만 느낄 수는 있습니다.

향이 없지만 달콤하거나 부드럽다고 생각할 수 있습니다.

사랑은 눈에 보이지 않아서 무한한 이야기를 상상할 수 있습니다.

감히 진정한 사랑이라 이름 할 수 있는 것에는 말이지요.

친애하는 커피씨

주어진 시간은 한 번뿐이고 한정되어 있습니다.

소중한 시간에게 장난을 걸면,

시간은 내게서 소중한 하나를 가져갈지도 모릅니다.

사라지는 것이 어떤 것인지 짐작하지도 못한 채 말입니다.

하지만 소중한 시간에게 고마운 마음을 보이면

시간은 내게 소중한 하나를 더 줄지도 모릅니다.

보태어지는 것이 무엇인지도 모르겠지만 말입니다.

소중한 것은 진품의 위세가 있지만

그렇지 않은 것에는 가품의 기질이 보입니다.

부모, 연인(또는 부부), 친구에게 나는 진품이고 싶습니다.

커피씨,

나의 부모, 연인, 친구를 향한 사랑은

눈에 보이지는 않지만 소중한 그 무엇보다 진품입니다.

[마음에 넣어주세요]

안녕하세요.

찬 기운에 소름 돋는 아침.

따뜻하고 기분 좋은 편지를 받았습니다.

매일 아침, 당신에게 편지를 쓰는 나도 누군가로부터 마음의 글을 받으면

기분이 바람처럼 시원하고 가벼워집니다.

더구나 예쁜 말 한마디 덧붙이고 갑니다.

"마음에 넣어주세요"

마음에 넣다, 라는 표현이 이처럼 좋은 느낌인 줄 난생처음 알았습니다.

어쩌면 내 마음인데도 다른 이에게서 들으니

색다른 느낌이라 낯설어진 것이지요.

그랬습니다.

사랑한다면,

사랑하는 사람의 마음에 내가 들어있는 걸 확인하고 싶어지지요.

사랑하는 사람의 마음 안에 내가 살아야 한다고 생각하지요.

편지를 주고 간 예쁜 아이처럼

내 마음에 자신의 마음을 넣어달라고 하지요.

사랑은 자기를 사라지게 하는 때로는 가장 위험한 감정이 됩니다.

하지만 아이의 마음은 순수했습니다.

자신의 사랑을 내 안에 넣어 오래도록 기억되게 하려는

자연스러운 표현이었을 테니까요.

친애하는 커피씨

사랑을 마음에 들였던 처음이 생각납니다.

말 그대로 사랑이 마음에 살고 있던 때였지요.

시간이 흐르면서 마음에 사는 사랑이 보이지 않을 때가 있습니다.

아마도 조용히 한편에서 잠들어 있을 거라 믿지만요.

잘 있기에 무감각해지는 것인지도요.

무소식이 희소식이라는 말 처럼요.

오늘은 예쁜 아이의 편지를 눈앞에 두고

마음에 잘 넣어보고 있습니다.

사랑스러운 행동 하나, 모습 하나를 마음에 잘 넣어

오래도록 기억하고 싶습니다.

잊고 있던 사실.

사랑은 마음에 넣거나

사랑은 마음에서 꺼내거나 둘 중 하나인 게 분명합니다.

가을 아침.

이제 사랑을 자꾸 확인하려는 날들의 연속이 될 것입니다.

어김없이 잊은 듯 낮잠 자던 사랑이 깨어나 내게 사랑을 넣어 놓고

내 사랑도 확인받고자 할 것입니다.

커피씨,

어쩌겠어요.

가을인걸요.

[가까운 사람일수록 주고 싶은 선물]

언제나 내게 친절한 당신.

나도 당신에게 친절한 사람으로 기억되고 있을까요?

기억에 남는 TV 광고가 있습니다.

일하는 아빠, 회사에서는 친절하지만 집에서는 무뚝뚝합니다.

가사 노동에 지친 엄마, 밖에서는 상냥하게 웃어도 집에서는 짜증을 냅니다.

공부에 스트레스 받은 딸, 집에서는 말 한 마디 곱지 않습니다.

이 광고가 요즘 가족들의 현실입니다.

하지만 광고 끝부분에는 소중한 가족에게

서로 친절한 모습을 반전으로 보여줍니다.

화목한 가족의 모습이 아름답게 영상에 담깁니다.

세상에서 나를 가장 잘 이해하고 아끼는 사람들은 가족입니다.

또한 가족은 내가 가장 사랑하는 사람들이지요.

하지만 가족이라는 이름으로 사는 우리들은 가족에게 얼마나 친절할까요?

가족이 사랑을 넘어서 가장 편한 사람들이라는 이유로

혹 남들에게도 잘 하지 않는 불친절과 푸대접을 하며 살지는 않는지요?

소중함이 가까이 있으면 그 의미를 소홀하게 됩니다.

그러다 비로소 그 소중한 존재를 잃거나, 잃을 뻔했을 때

때 늦은 후회로 자신을 자책하게 되지요.

몇 해 전 마음의 대들보였던 아빠가 돌아가셨을 때

나는 뼈가 잘게 부수어지는 아픔을 겪었습니다.

사랑하는 부모님과 갑작스런 이별을 한다면 누구라도 가슴이 아플 테지만,

가슴 아픈 언저리에 돌처럼 무겁게 느껴지던 것들은

바로 아빠에게 불친절하게 굴었던 나의 생생한 기억들이었습니다.

그 땐 왜 그랬을까요?

아빠가 참아주셨던 모습을 생각하면

지금도 머리에 찬물이 퍼붓는 것 같습니다.

늘 곁에 있을 것만 같던 가족들이

갑작스러운 사고로 세상을 떠나게 됩니다.

소중하지 않아서 표현하지 않는 것은 아닐진대,

우리는 그 소중함이 언제나 오래도록 내 옆에 있을 거라는 착각을 합니다.

아침이면 서로에게 잘 잤는지 물어봐 주고,

함께 식사를 하는 자리에서는 서로에게 맛있는 반찬을 권해주고,

오늘 입은 옷의 색이 잘 어울린다는 기분 좋은 관심을

상냥하게 표현한다면 어떨까요?

별 것 아닌 나의 작은 친절이 가족의 하루를 기분 좋게 만들 수 있습니다.

친애하는 커피씨

너무 당연해서 놓치기 쉬운 것 중에 하나가

가족에게 친절하게 대하는 것 아닐까요.

소중한 것은 기다림에 인색합니다.

당장에 하지 않으면 다시는 하지 못 할 수 있는 것,

소중한 사람에게 잘 대해주는 것입니다.

밤사이 안녕이라고,

늘 옆에 있어줄 것 같은 아빠가

새벽에 홀연 우리 가족을 떠난 것처럼,

그 어떤 소중한 가족일지라도

그렇게 느닷없는 안녕을 하게 될 것입니다.

떠날 것을 염두 해서 서로에게 친절해야 한다면 너무 억지스럽지요.

가족은 그 자체의 이름만으로도 충분히 서로에게 예의 있고

마음을 다 해 존중해야 하는 관계입니다.

가족은 나와 같은 피가 흐르는 또 다른 '나'이기도 하니까요.

나의 따뜻한 피를 심장에서 내보내면

가족에게로 따뜻한 피가 흐르게 되는 것이지요.

커피씨,

내 심장은 사랑하는 사람을 향해서 뜁니다.

나의 생명은 혼자만의 것이 아니라

가족과 함께 나누어야 할 이유가 있습니다.

그것이 사랑이고,

사랑의 실천은 친절이라는 모습으로 쓰이는 것이지요.

가까운 사람일수록 주고 싶은 선물,

그건 바로 '친절'입니다.

[늙지 않는 사랑]

친애하는 커피씨

하루가 다르게 커지는 마음은

책장을 넘기며 책 속의 글들에게 물드는 마음과 흡사합니다.

요즘 읽는 책 몇 권에서 공통적으로 느껴지는 것,

삶의 매개체가 같은 부부의 사랑은 늙지 않는다는 걸 알았습니다.

헬렌 니어링의 삶이 그러했고,

아침고요 수목원 이영자 원장님의 삶이 그러합니다.

사랑에 유효기간이 있다고 말할 만큼 사람의 감정은 변화에 약합니다.

하지만 늙지 않는 사랑, 시들지 않는 사랑을 보여주는 이들 부부의 삶이

부럽기도 하면서 닮고 싶기도 합니다.

길을 걷거나 쇼핑을 할 때

문득 찾은 풍경에서 시선을 뗄 수 없을 때가 있습니다.

두 손을 꼭 잡고 나란히 걷는 아름다운 노부부의 모습이

왜 그렇게 가슴 시리게 다가올까요.

기우는 석양의 눈부심을 닮아서일까요.

아니면 극히 아름답게 평범한 모습이나

감히 아무나 가질 수 없는 평범함이기 때문일까요.

나이가 들어가니 자꾸만 옆을 의식하게 됩니다.

내 옆에 누가 있을까.

내 옆에 누가 함께 해줄까.

몸의 세포가 늙어가는 걸 알아차리니

외로움을 의식하게 만드는 것 같아 쓸쓸해집니다.

지금은 젊어서 외로움도 꿋꿋하게 넘긴다지만,

온몸에 힘이 다 빠진 할머니가 되었을 때는

누가 나를 고운 시선으로 바라봐줄까요.

어느 카페에 백발의 노부부가 나란히 앉아 커피를 마시더군요.

할아버지가 할머니의 머리도 쓸어 넘겨주고

지긋한 눈으로 눈맞춤을 해주시더라고요.

할머니의 표정이 어찌나 온화하고 밝은지

사랑을 많이 받아 해맑게 웃는 아기의 미소라고 해도 될 것 같았지요.

나는 심장이 마구 뛰는 걸 느꼈습니다.

그 할아버지 할머니의 모습을 보면서 그 어떤 바람들보다도

내가 미래에 바라는 삶이 이런 거였구나를 소름 돋게 알았기 때문이지요.

누가 봐도 두 분은 현재에도 사랑이 절절한 부부인 것을

한눈에 알아볼 수 있었습니다.

두 분이 서로에게 보내는 은근한 미소에는

한평생 함께 한 부부로서의 의리와 우정이 배여 있었지요.

진정하고 진실된 사랑의 모습이었지요.

생생한 아름다움을 바라보는데 눈시울이 뜨거워짐을 느꼈습니다.

내게도 먼 훗날에 이토록 아름다운 풍경이 드리워질는지요.

친애하는 커피씨

늙지 않는 사랑을 목격했습니다.

시들하지 않고 잊히지 않는 사랑의 표정을 보았습니다.

그리고 마음에서 울리는 말을 듣습니다.

나이 들어도 늙지 않는 사랑에 도전하리라는 것을요.

삶의 매개체가 분명한 부부들의 사랑은 늙지 않습니다.

사랑하는 아내에게 멋진 정원을 만들어 선물하겠다는 남편은

지금의 아침고요 수목원을 만들었습니다.

아침고요 수목원을 개관하기까지 우여곡절이 많았지만,

남편은 아내에게 해마다 아름다운 정원을 선물하고 있는 것입니다.

해마다 남편의 지극한 사랑으로 피는 꽃들은 전혀 다른 얼굴들이니까요.

정말로 아름다운 실화가 아닐 수 없습니다.

커피씨,

나와 당신, 우리들의 늙지 않는 사랑을 응원합니다.

[사랑은 단지 고픈 것입니다]

혹 사랑을 참아본 적 있나요?

사랑을 절제한다는 게 얼마나 힘든지,

얼마나 미련한 것인지…

사랑으로 쏟아져 내리고 싶은데

사랑을 부어 버릴 곳이 없다거나

사랑을 찾지 못해서

사랑을 잃어버려서

아님 사랑에게 다가서지 못해서

끙끙대며 참아본 적 있나요?

친애하는 커피씨

그 어떤 성공보다 사랑에 성공하는 게 가장 어렵습니다.

사랑은 이 세상 그 어떤 것보다 불안한 감정이기 때문이지요.

만약 사랑에 대해 좀 알 것 같다면

그 사람은 사랑의 칼에 베여 본 적이 있는 사람이며,

사랑을 모르겠는 사람이면

그 사람은 아직 사랑의 칼에 베인 적이 없는 사람일 것입니다.

사랑에 베이고 사랑에 죽어야 하는 게 '사랑한다'일까요?

사랑에 베이지 않고 사랑을 모르고 사랑에 목말라하며 사는 게

더 좋은 걸까요?

사랑은 밥처럼 꼭 먹고 살아야 하지만

밥인 관계로 우아할 수는 없는 거지요.

사랑은 생존이고, 생명이며, 삶이고, 밥인 관계로

투박하고 흔한 것이어야 하는 거지요.

사랑에 목숨을 거는 게 아니라

목숨에 사랑을 걸어야 하는 거지요.

목숨 걸고 지키는 사랑은 바라지도 말고 하지도 말아야 합니다.

목숨 걸고 지키는 사랑 보다는

사랑을 걸고 지키는 목숨 쪽이 더 현명한 사랑이라 생각됩니다.

이혼을 하거나 이별을 하는 이유가

목숨을 걸어줄 것 같던 사람이

목숨을 걸어주지 않아서가 아니었을까요?

혹 사랑을 걸고 목숨을 지켰다면 이혼이나, 이별이 필요했을까요?

사랑은 단지 고픈 것입니다.

배가 고프면 밥을 먹듯이

사랑이 고프면 사랑을 채우면 되는 것이지요.

사랑이 밥이라면 참아야 할 필요가 없는 것이지요.

밥 먹듯 흔해서 배부르고 따뜻한 사랑이라면

마음에서 체하지 않고 소화도 잘 될 것입니다.

커피씨,

애써 으아하지 않아도 채워지는 사랑,

오늘에 꼭 필요한 사랑입니다.

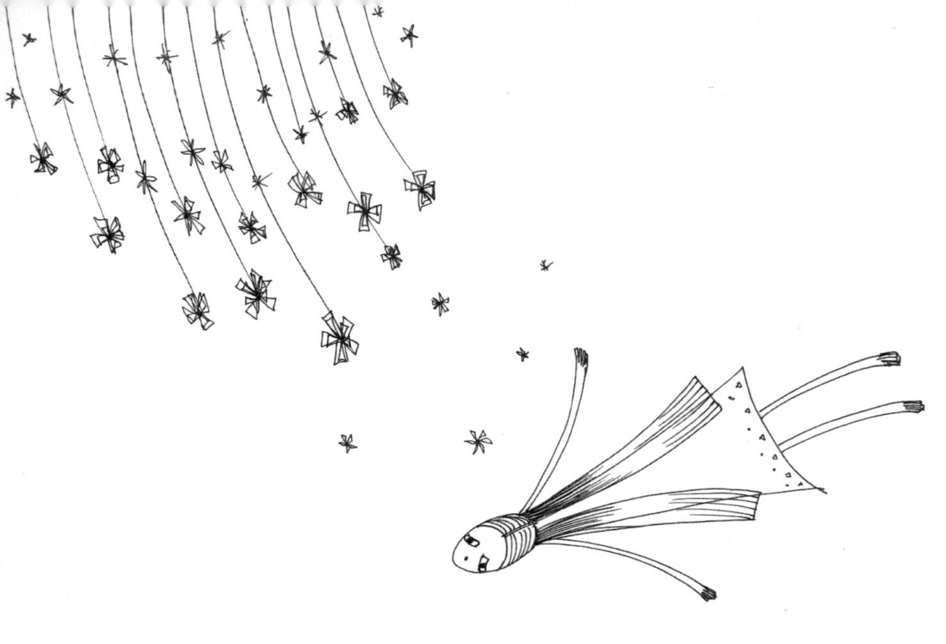

친애하는 커피씨

04

[그리움]

늦었는데 니가 자꾸 불러
가다말고 뒤돌아 너를 보잖니

커피는 그리움이다.
커피색이 진한 것은 누군가에게 그리움으로 물들기 위함이고
커피향이 강한 것은 누군가에게 그리움으로 베어들기 위함이다.
오늘의 커피는 누군가에게 물든 그리움이고
내일의 커피는 누군가에게 베어든 그리움이다.
그리움 한 모금
그리움 두 모금
그리움 세 모금
그리움은 보고픔이다.
커피는 누군가를 향한 보고픔이다.

[독백]

하고픈 이야기가 많은 걸까요.

늘 잊고서는 괜찮다고,

그런 사람이라도 괜찮다고 다독거리기 전에

나는 내게 잊지 말아야 할 것들을 말하고 싶었어요.

나의 고민을 털어놓는다든가

아무에게도 들려줄 수 없는 얘기들을 한다든가

내가 무슨 생각으로 살아가는지 알고 싶을 때가 있어요.

나를 열어보는 마음,

나는 매일 나에게 보내는 편지를 씁니다.

독백.

나와 독대하는 시간입니다.

가장 솔직하고 진실 된 만남이지요.

나에게 숨기는 것이 있다면

나는 내가 아닌 사람으로 살아가는 거.

나 그래서 혹여라도 웅크린 나를 위해

나의 숨고 싶은 마음까지 찾아서 함께 하고 싶은 거랍니다.

친애하는 커피씨

내 안에 사는 내 모습이 당신이기를 바랍니다.

친절하고 온유하며 태연하게 감동을 주는 사람.

차갑지도 뜨겁지도 않게 데워주는 사람.

양심이 따끔거리지 않게 오늘을 살아가는 사람.

충분히 사랑해도 부끄럽지 않은 그런 사람이고 싶습니다.

독백.

떠도는 진심이 모두 이 편지에 내려앉기를,

손이 용기 내어 마음을 새겨놓습니다.

커피씨,

당신이 읽는 편지가 당신처럼 느껴지기를 바랍니다.

나의 생각과 글과 말이 친애하는 당신이 되기를 기대합니다.

우리 같은 사람으로 기억되기를 원합니다.

[우리는 모두 누군가에게 기다림의 대상입니다]

친애하는 커피씨

인생은 산책길입니다.

우리가 길을 걷다 보면 만나고 싶은 사람이 있습니다.

만나야만 하는 사람이 있습니다.

우리는 모두 누군가에게 기다림의 대상입니다.

내가 아직 만나지 못한 사람들

나를 만나게 될 사람들

기다림으로 더욱 반가울 사람들입니다.

많은 사람들 중에 소중함으로 다가서는 사람,

좋은 인연으로 닿아 내 옆에 있어주기를 바랍니다.

나는 당신을 향해 걸어갑니다.

행여 당신 나를 기다려 마중 오실까

설렘 안고 노래 부르며 당신을 향해 갑니다.

만나야 할 사람이라면 서로를 알아보게 됩니다.

마음의 방향이 그 길로 데려가며

마음의 알람이 그 시간을 알려줍니다.

마음끼리는 알아봅니다.

그런 게 진정한 인연이지요.

나는 누군가를 기다리고

누군가도 나를 기다립니다.

우리는 모두 누군가에게 기다림의 대상입니다.

당신을 기다려 내가 당신을 알아본 것처럼 말입니다.

[내 마음의 책갈피]

책을 읽다 보면 문장이 마음과 겹치는 부분에서

한참을 그 페이지에 머무르고 있습니다.

놓치고 싶지 않거나 오래도록 간직하고픈 마음에

밑줄을 긋거나 연필마저 없을 때는 종이 모서리를 살짝 접어둡니다.

대개는 독서록에 메모를 하거나 책갈피를 끼워 표시를 하게 되지만요.

인생도 책 읽기와 마찬가지입니다.

나는 인생을 살다가 때때로 내 마음에 간직하고픈 순간을

살짝 접어두기도 하고 갈피를 끼워 두기도 합니다.

지금은 현실에서 잠시 떠나지만

다시 그 마음으로 반드시 돌아오리라 다짐하며

읽다 만 책에 책갈피를 꽂아둔 것처럼

인생의 어느 부분에서 잠시 접어두어야 했던 소중한 것이 있습니다.

내 인생의 책갈피는 여러 개입니다.

가장 좋은 순간으로 다시 돌아오리라 생각하며

아무도 모르게 내 인생 중간 중간에 다양한 책갈피를 꼽았었습니다.

기약도 없이 그 좋은 순간에서 멀어져 왔지만

이제 그 책갈피를 꼽아 둔 시점으로 돌아가

만들다 만 이야기를 지으려고 합니다.

꾸미다 만 그림을 그리려고 합니다.

사람들에게는 누구나에게 들려줄 수 없었던

오직 나만이 간직한 이야기가 있을 것입니다.

잠시 접어두었던 마음, 책 속의 책갈피가 꼽힌 부분을 열어

다시 이야기를 이어갈까 합니다.

친애하는 커피씨

그거 아시는지요.

당신과 만들어 가는 이야기도 내 오랜 책갈피 중 하나였던 것을요.

예전에 꼽아두었던 내 마음의 책갈피를 오늘은 함께 열어 볼까요?

[그 리 움]

하루 중 아침은

감정을 스트레칭 하기에 아주 좋은 시간이에요.

가을은 누구라도 감정의 유연성이 필요한 때,

잊었던 그리움을 만나야 하는 계절이기 때문이지요.

그리움은 지나간 것들에 대한 미련이라기보다는

오히려 새로이 다가올 것들에 대한 기다림이 길어지는 감정입니다.

한때 지나간 것에 목을 길게 빼고

'그립다' 말하던 시절이 있었지요.

하지만 기다려도 돌아오지 않았어요.

나 그래서 알아버렸죠.

그리움은 어제의 흔적을 달고 오는 것이 아니라

내일의 설렘을 뿌리는 가랑비 같은 거라는 걸요.

 이 가을에는 변함없이 옛사랑을 떠올리는 사람도 있겠고

진창 물들어 흐르듯 떨어지는 낙엽을 보면서

세월에 수분을 잃고 건조함을 고스란히 드러내는

노목 같은 자신을 연상할 수도 있을 겁니다.

또 가을은 완성의 계절이기에

소원하던 결실을 보려는 사람들의 마지막 승부수가

바람결에 날아다니기도 할 것입니다.

그랬습니다.

가을은 어차피 스쳐갈 순간이지요.

가장 기쁘기를 바랐지만 슬퍼지는 때이고,

가장 쓸쓸할 것 같지만 고독이 반가운 때이며,

힘없이 떨어지는 마지막 낙엽에도 희망을 싣는 것처럼

바람이 붙들고 가는 것에 마지막 용기를 떨구지는 않지요.

이 모두는 우리가 겪을 가을의 이야기이지만

여느 때와 같이 잘 맞이하고 잘 보내게 될 것입니다.

친애하는 커피씨

그리움이 밀고 오는 것들의 다양한 모습은

어제의 잊지 못할 추억이라기보다는

내일에 있을 기쁜 이야기가 될 기다림이었습니다.

오늘은 설렘으로 그리움을 맞이하는 아침이라서

기분 좋게 출발했답니다.

그래서인지,

나는 오늘의 당신이 무척이나 그립습니다.

친애하는 커피씨

[단 하나의 길, 단 한 사람, 단 한 곳]

눈을 지그시 감으면 초점이 부드러워집니다.

그런 하루라면 어떨까요?

사람들은 늘 선명한 걸 좋아하고 선명하기를 원하지요.

선명하지 않은 것에 대해서는 답답해하고 그걸 견디기 힘들어하지요.

하지만 눈을 크게 뜨고 명쾌한 걸 원할수록

세상은 날이 선 듯 다가옵니다.

선명해서 좋은 것도 있지만,

때때로 흐린 것이 나쁘지만은 않지요.

어쩌면 모든 게 선명하기를 바라는 자체가

나를 더 흐리멍덩하게 만드는 것일지도 모릅니다.

나를 여기에 두면 여기에 물들고,

나를 저기에 두면 저기에 물드는

그런 수채화 같은 사람이라면 어떨까요?

길을 걷다 보면 유난히 선명해 보이는 단 한 사람, 단한 곳이 있어요.

그리움

모두가 길이고, 사람이고, 장소이건만

내게 유난히 반짝이는 단 하나의 길, 단 한 사람, 단 한 곳.

왜 일까요?

내 머릿속에 떠다니던 막연한 걸 보게 된 것일까요?

보이지 않던 게 선명해 보이는 순간이 있어요.

헤매는 걸 해 본 사람이라야

정작 선명한 순간을 알아볼 수 있는 거지요.

늘 선명하다면 진짜 선명한 건 다른 선명함들에 가려져

보이지 않을 수도 있을 거예요.

알지만 모르는 척 흐리멍덩한 채로 둔다면

번쩍이는 아이디어처럼 그동안 불투명해서 힘들게 했던 것들이

선명해지기를 자처하기도 하지요.

그러니 선명하지 않아도 결과가 나쁘지 않다는 걸,

아니 오히려 더 좋을 수 있다는 걸 말하고 싶어요.

세상은 생각처럼 둔하지가 않아서 아무리 초점을 흐리게 두어도

어느 순간엔 날을 세워 거친 선명함으로 다가오지요.

아직 몰라도 되는 것,

화끈하게 정답처럼 보이지 않아도

눈을 지그시 감고 여유로운 시간에 나를 머물게 한다면

어느 순간에 섬광의 스침처럼 선명한 세상이 나를 이끌어 줄 것입니다.

친애하는 커피씨

생명을 가진 느낌은 때를 만나는 순간

모든 게 선명해지는 걸 경험하게 되지요.

지금 내 하루가 불투명하고

나의 내일이 더 불투명해도 괜찮지요.

헤맬수록 선명한 것은 늘 가까이에 있으니까요.

친애하는 커피씨

당신은 내게 은은하고 부드러운 존재입니다.

반듯하고 선명해서 또렷한 것보다

훨씬 더 조화로운 것을 즐기는 분이지요.

오늘은 초점이 부드럽게 흐린 하루.

그런 하루여서 더 좋은 날입니다.

오늘의 흐림으로 내일은 확연히 선명해질 테니까요.

[나는 추억을 먹고 삽니다]

살기 위해서는 반드시 먹어야 하는 게 음식이지요.

그러나 사람들은 하루 세 끼 밥 먹는 걸로만 살 수는 없는데요.

내 경우 살면서 "밥 먹자" 만큼이나 흔하게 쓰는 말,

'나는 추억을 먹고 산다'입니다.

나는 추억을 먹고 살기에 추억을 만들러 다니는 게

가장 중요한 일이기도 합니다.

시간이 지난 뒤에야 알게 되는 소중함,

바로 '추억'이 있기에 가능해집니다.

사랑하는 사람이 떠나가고 남는 건 그 사람과 함께 한 시간들이지요.

좋은 추억은 그 사람이 떠난 빈자리의 쓸쓸함을 채워줄 수 있지요.

사랑하는 가족,

사랑하는 친구,

사랑하는 동료들이 언젠가는 내 곁을 떠나갈 것입니다.

나도 언젠가는 그들의 곁을 떠날 테고요.

우리는 서로의 기억 속에서 살아갈 수 있습니다.

추억이 떠난 그들을 대신하고 떠난 나를 대신할 테니까요.

친애하는 커피씨
사랑하는 사람들과 좋은 추억을 만들기 위해
나는 많은 시간을 들입니다.
나중에 그 무엇과도 바꿀 수 없는 소중한 시간들.
모든 게 돈으로 해결되는 자본주의 시대라지만,
추억은 나와 그들이 만들어간 진심의 이야기이기 때문에
돈으로 살 수 있는 것이 아니지요.

내 곁을 떠난 사람들을 떠올려 봅니다.
그들과 함께 나눈 소중한 대화, 눈맞춤, 스킨십 등을
온몸으로 느꼈던 시간은 우리가 사랑했던 시간입니다.
나는 그들을 사랑했고
그들 역시 나를 사랑했습니다.
그리고 우리는 여전히 추억을 되새기며 사랑하고 있습니다.
추억을 되새기는 것은 사랑의 행위입니다.

잊을 수는 있으나 사라지지 않는 것,
그것이 '추억'일 것입니다.
내가 그들을 머리에서 지울 수는 있겠으나,
우리가 함께 만들었던 이야기의 시간,

그 공간은 사라진 것이 아니라

다만 멀어져, 다만 떨어져 온 것임을,

우리는 언제든 그 좋은 추억에 다시 살 수 있는 것입니다.

추억은 마음의 고향입니다.

나는 그 곳에서 편히 쉬며 그들과 사랑하며 살아갑니다.

오늘도 좋은 추억을 만들기 위해

사랑하는 사람들과 진한 이야기를 만들 것입니다.

나는 오늘도 추억을 먹고 삽니다.

[하루를 살면서 문득문득 가슴에 파고드는 사람이
있습니다]

하루를 살면서 문득문득 가슴에 파고드는 사람이 있습니다.

지금쯤 어느 하늘을 바라보며 있을까?

이 시간쯤이면 진한 커피 한 잔 들고 신문을 보고 있지는 않을까?

아침 식사는 또 속을 비우는 걸로 대신했을까?

아주 먼 이야기되었지만

그 사람의 하루 속 모든 것들이 걱정이 되고

안쓰러웠던 적이 있었습니다.

가까이서 도울 수는 없지만

마음으로는 그에게 모닝커피를 내려주고

든든한 샌드위치 한 조각을 만들어 줍니다.

행여 혼자 걸어가는 모습이 쓸쓸해 보일세라

종종걸음으로 그의 옆을 따라갑니다.

오후가 되면 업무로 뻐근할 그의 뒷목가에

그가 좋아하던 음악을 울리게 하여 잠시라도 긴장을 풀어줍니다.

집으로 돌아오는 발길이 하루의 일과로 무겁지는 않을까,

그리움

얼른 그의 집으로 달려가 창을 열고 좋은 공기 들여놓습니다.

밤의 빛나는 별들이 그의 집 창안으로 쏟아져 내립니다.

어느새 개운한 밤의 공기를 덮고 잠든 그를 쓰다듬어 봅니다.

이처럼 나의 하루는 그의 그림자를 부지런히 따라다녔습니다.

그런 게 사랑이었나 봅니다.

하루를 살면서 문득문득 가슴에 파고드는 사람이 있습니다.

모닝커피 향이 코끝을 간질이고 지날 때,

텅 빈 엘리베이터에서 그가 즐겨 쓰는 향수의 향이 느껴질 때,

도로에 그가 좋아하는 자동차가 지나쳐 갈 때,

점심으로 우연히 그가 좋아하던 메뉴를 골랐을 때,

백화점 쇼윈도에 걸린 옷이 그에게 잘 어울릴 것 같은 생각이 스칠 때,

오후의 한가로운 햇살이 그의 다정한 눈빛과 닮아 보일 때,

하루면 수도 없는 순간들에 문득문득 그립던 그가 다녀가게 된답니다.

친애하는 커피씨

사람을 그리워한다는 것은

아직도 그 사람을 많이 사랑한다는 의미일까요?

그렇다면 다행입니다.

나는 그리운 그 사람과 지금 함께 살고 있으니 말이지요.

하루를 살면서 그립다 말할 수 있는 사랑이 바로 옆 그이니까요.

[바람의 기억]

바람이 부네요.

제법 시원한 바람에게서 가을 냄새를 맡습니다.

다양한 바람의 기억을 갖고 사는 우리들.

약속이나 한 듯 오늘 아침은 바람의 기억을 더듬게 됩니다.

우리는 모두가 누군가에게 바람이었을 겁니다.

한 번은 따뜻하게 불었을 것이고,

한 번은 차갑게 불었을 것입니다.

때로는 따뜻하고 부드럽게 불었을 것이고,

때로는 모질고 세차게 불었을 것입니다.

내가 누군가에게 일으킨 바람의 다양함으로

내가 느끼지 못하는 사이

나에게 바람을 느끼는 사람들의 마음이었겠지요.

나도 다른 사람들에게서 무수한 바람을 견디는 것처럼 말이지요.

우리는 바람 같은 존재이니까요.

모든 인연은 짧게든 길게든 스치고 지나가는 것이니까요.

친애하는 커피씨

나는 바람이라면

당신에게 따뜻하고 부드럽게 지나가고 싶습니다.

내가 누군가에게 불어야 하는 바람이라면

칼바람이지 않고 솜바람처럼 따뜻하고 싶습니다.

어차피 내가 바람으로 지나가야 한다면

틈을 파내지 않고 틈을 덮으며 지나가고 싶습니다.

나는 바람으로 지나갈지라도

기억에 남는 좋은 향기이고 싶습니다.

너나없이 우린 서로 바람이어야 한다면요.

친애하는 커피씨

[너에게 소중한 그 무엇이고 싶다]

친애하는 커피씨

커피씨,

커피씨,

커피씨,

하얀 백지에 커피씨의 이름만 겨우 적어놓습니다.

…

어제의 일이 먹먹하게 떠올라

이 아침을 조금은 차분하게 출발합니다.

나를 기억에서 지워버린 이를 만났습니다.

나를 기억하지 못했습니다.

나는 그분께 이 지구상에 다른 여느 모르는 사람들 중

한 명일 뿐이었습니다.

기억에서 사라지거나 기억에서 지워지는 것은

원래 알지 못하던 상태로 돌아가는 것이지요.

나는 그분께 모르는 사람…

내게 한 사람의 길이 있었습니다.

사람과 알아간다는 것은 그 사람에게 걸어 들어가는 것이었습니다.

나는 아주 깊숙이 그분께로 걸어 들어갔었습니다.

물론 그분이 내가 걸어오는 것을 기꺼워 하셔서 가능했습니다.

하지만 지금 나는 길을 잃었습니다.

내가 그분 안에 없어 더 이상 그분 깊숙이 걸어 들어갈 수가 없습니다.

인정받아 흐뭇한 게 사람이지요.

우리는 수없이 그물 같은 관계 속에

나는 너에게로 가 소중한 그 무엇이 되고 싶어 합니다.

나를 잃어버린 사람,

그것은 나를 모르던 상태로 돌아간 것이지요.

내 선택이 아니라 그 분의 선택이기에

나는 돌아서 걸어 나오지 못했습니다.

혹여 늦은 때라도 나 없을 때

그분이 나를 다시 기억해 낼지도 모르니까요.

그 때의 나를 만날 그 분을 위해

나는 그 분을 내 안에서 지우지는 못했습니다.

친애하는 커피씨

오늘드 나는 누군가에게 깊숙이 걸어 들어 갈 것입니다.

설혹 또 다시 내가 누군가에게서 지워지는 아픔을 겪을지라도

나는 사람을 포기하지 않습니다.

가슴이 시키는 대로 누군가의 가슴에 파고들어

내 몸에 흐르는 따뜻한 사랑을 나누어 가질 것입니다.

살면서 가장 뿌듯한 순간은

내가 누군가와 기억을 나누어 가지는 것이니까요.

커피씨,

당신 안에는 내가 들어 있지요?

[꼭 만나지 않아도 좋은 사람]

행복한 아침입니다.

아침이라는 이유만으로도 행복할 수 있는 마음에게 감사합니다.

모든 걸 가져야만 행복이 아닌 것처럼

꼭 만나지 않아도 좋은 사람이 있습니다.

만나지 않지만 꼭 필요한 사람이 있습니다.

사람과의 인연이 필요에 의해서라면 마음 아플 일이지만

그러나 우리는 누군가에게 꼭 필요한 사람입니다.

커피씨, 당신처럼요.

내가 좋아하는 사람이라고 해서 모두 만날 수 있는 것은 아닙니다.

내가 좋아하는 물건이라고 해서 모두 가질 수 있는 것은 아닙니다.

하지만 꼭 필요한 물건이라면 가져야 하고

꼭 필요한 사람이라면 만나야 합니다.

아닙니다.

그렇지 않습니다.

당신은 내게 꼭 필요한 사람이지만

친애하는 커피씨

우리는 만난 적이 없고 만나게 되지도 않을 것 같습니다.

지금은 사랑하기 좋은 계절입니다.

나는 당신을 매일 사랑하지만

우리는 만나지 않고도 사랑하는 사이가 되었습니다.

그렇지요?

사랑은 마음으로 보는 것이지 눈으로 보는 것이 아니기 때문입니다.

사랑하는 사람이 내게 꼭 필요한 사람이라면 얼마나 좋을까요?

좋아하는 물건이 꼭 필요한 물건이라면 그것이 얼마나 소중할까요?

세상에는 존재하는 것만으로도 내게 위안이 되고 힐링이 되는 것들이 있습
니다.

아마도 커피씨 당신과 오월, 하늘과 와인을 짝사랑하는 것만으로도

가분 좋은 그리움일 듯합니다.

친애하는 커피씨

당신은 사랑해도 좋을 사람입니다.

내게 필요한 사람은 당신이지만,

우리 만나지 않아도 서로를 존중합니다.

05

[사유]

소란한 일상을 거스르는 일

모자란 것을 채우면
꼭 필요한 것이 사라진다 한들 살아갈 수 있다.
자신을 들여다보는 것을 두려워 말자.
자신의 진심을 알아가는 시간이
진정한 나를 만들어 가는 시간이다.

[내 삶의 키워드]

아침을 맞이하면
아마도 모든 사람들의 머리에는
'행복'이라는 단어가 그려지고 있을 것입니다.
굳이 말로 하지 않고 생각하지 않아도
우리 뇌는 행복한 감정에 충실하려고 하기 때문입니다.

빨간불은 멈추시오.
초록불은 가시오.
분명한 신호에 따라 길을 가기도 길을 가다가 서기도 하듯이
내 삶의 키워드는 나의 소중한 하루에 적절한 신호가 되어 줍니다.
'나는 행복한 사람'
이것이 내 삶의 키워드입니다.
하루는 내 삶의 소중한 조각들이지요.
이 소중한 시간들을 어떻게 설정하느냐에 따라
나의 삶이 행복한 지도를 그리게 되는 것입니다.
목적지가 없는 차는 길을 떠날 수도 없고
떠났다 하더라도 배회하기 일쑤이지만

목적지가 정확히 있는 차라면

가는 길이 순조롭고 빠르게 도착할 수 있겠지요.

이처럼 삶의 이정표가 되는 목표, 즉 키워드는

내 인생의 방향을 정확히 제시하게 됩니다.

'행복'이 키워드인 사람은 행복한 하루를 보내려고 할 것이고,

'명예'가 키워드인 사람은 이름을 얻기 위한 삶에 충실할 것이고,

'가족'이 키워드인 사람은 가족과 함께 하는 시간들을 소중히 여길 것이고,

'봉사'가 키워드인 사람은 남을 배려하는 삶을 우선으로 생각할 것입니다.

친애하는 커피씨

우리는 각자 삶을 살아가는 이유를 만들 필요가 있습니다.

살아가는 이유를 설정하지 않으면,

삶의 목표가 없다면,

삶의 키워드를 마련하지 않는다면,

우리들은 하루하루 시간을 무의미하게 쓰는 것으로

가치 없는 인생을 살아야 할지도 모릅니다.

나는 가치 있는 삶을 살기를 바랍니다.

그랬기에 내 삶의 방향을 잡아줄 키워드를 마련하는 것은

어쩌면 너무도 당연한 것이었습니다.

커피씨,

당신의 삶의 키워드는 무엇인가요?

[두려움에 맞설 상대]

친애하는 커피씨

바람대로

예상대로

살아지는 하루라면 얼마나 좋을까요.

하루의 균형을 잃지 않으려고

하루 안에서 버둥버둥 거리지 않고

우아한 홍학처럼 한 다리로도 오랫동안 설 수 있다면요.

하루의 시작을 출발하면서

나는 언제나처럼 조금은 열정적으로

하지만 조용하고 무사한 시간이 흐르길 바라게 됩니다.

아침에 떠오르는 밝은 해를 보고도

하루가 밝을 수만 없다는 것을 이미 잘 아는 탓에

때로는 하루의 끝에 가서 그 조금의 시간을 남겨두고

빵빵 터지는 일들을 원망하지도 않습니다.

이제는 받아들이는 것에도 많이 익숙해진 나이니까요.

아, 오늘도 한방 제대로 맞았구나, 하고 말입니다.

‘두려움’에 맞설 수 있는 상대는 ‘용기’입니다.

나이가 들어 경험이 많아질수록

일방적인 밀어붙임은 부작용이 따르기도 합니다.

두려움과 막연함은 한심한 게 아닙니다.

다만 두려운 마음이 생겼다면 반드시 용기를 불러

두려움과 결판을 내도록 해야 합니다.

하루 24시간이 예측불허입니다.

무슨 일이 벌어질지 두렵지 아니할 수 없지만

용기를 낸다면 나는 정지상태가 아니라

좀 더 수준이 높아진 인생을 즐기는 편에 서게 될 것입니다.

친애하는 커피씨

하루가 어떤 이야기로 쓰여 질지 나는 알지 못합니다.

하지만 두렵지 않다면 용기를 가져 볼 이유조차 없을 듯합니다.

두렵기 때문에 가질 수밖에 없는 용기,

이들은 서로가 인연인가 봅니다.

용기 내는 하루에 예측불허를 무마시켜 봅니다.

[당신은 왜 사는지요?]

가끔은 말이지요,

왜 사는지에 대한 질문을 받거나 스스로에게 물을 때가 있습니다.

갑자기 당신께도 묻고 싶네요.

커피씨, 당신은 왜 사는지요?

태어난 것이 나의 선택이 아니었듯

끝을 맞이하기 위한 시간을 살고 계신다고요?

억척같던 삶도 때로는 너무도 쉬이 끝나는 것을 보게 됩니다.

운명은 우리가 누르는 리모컨대로 움직여 주지 않지요.

때때로 슬픈 장면이나 고단한 현실의 장면을 만날 때

웃거나 기쁜 장면으로 채널을 바꿀 수 있다면 얼마나 좋을까요.

슬픔이 뚝딱 사라지고 행복한 시간을 살 수 있으니 말이지요.

사실 우리 인생에서의 아픔은 아주 짧은 시간에 지나가게 됩니다.

부모님이 일찍 돌아가셨거나

영원함을 약속하던 사랑하는 사람이 떠났을 때,

오랫동안 준비해온 시험에서 패배자가 되었을 때,

믿던 친구에게 사기를 당했거나

사업이 위기를 넘기지 못하고 부도가 났을 때

모든 아픔은 과정이 길거나 후유증이 길뿐이지

겪는 상황은 순간이거나 짧은 시간에 일어납니다.

사고의 조짐은 길게 있었어도 사고의 현장은 찰나적입니다.

그러나 사고 후,

아픈 기억은 몸과 마음을 장악해서 오랜 시간을 지속하지요.

인생이 허무하고 짧다는 생각에 많은 사람들이 동조를 하네요.

어쩌면 인생은 매우 긴데 힘들게 사는 것으로

기쁨을 짧게 느끼기 때문은 아닐까요?

아니면 정말 인생이 허무하게 짧은 탓일까요?

인생은 반전의 연속입니다.

다만 그 반전은 스스로가 만들어 가는 것이지요.

지나간 아픔에 갇혀 헤어나지 못한다면

짧다고 말하는 인생을 슬픔으로 몽땅 허비하는 꼴이 되는 것이겠지만,

우리 인생에 어떤 일이라도 닥칠 수 있고

또 겪었다 하더라도 훌훌 털어버린다면

남은 인생은 기쁨으로 가득 채울 수 있을 텐데요.

친애하는 커피씨

살다 보니 수많은 아픔의 사연들이 나를 스쳐갔습니다.

사람들마다 아픔의 정도와 강도를 느끼는 차이가 다르겠지만,

그래서 딱히 어느 것은 아픔이라고 말하기도 뭣하지만,

시간은 흐르고 흘러 지금은 그 사연들을 추억하는 여유마저 생겼습니다.

오히려 웬만한 일들은 상처라고 치부하지도 않게 되었습니다.

물론 몸과 마음이 핼쑥해졌던 비움의 노력이 있었기에 가능했지만요.

언젠가 읽은 책에서의 문장이 문득 생각이 납니다.

벽돌을 쌓던 수도자가 거의 다 쌓은 담장을 보았을 때

두 장의 삐뚤어진 벽돌 때문에 고민을 하게 됩니다.

허물고 다시 완벽하게 쌓아야겠다고 생각하는데 지나가던 사람이

벽돌을 아주 멋지게 잘 쌓았다고 칭찬을 해주었지요.

그러자 수도자는 그 사람에게 삐뚤어진 두 장의 벽돌이 보이지 않느냐고 물

었지요.

그 사람은 웃으면서 겨우 두 장의 벽돌이 삐뚤어졌을 뿐

나머지 수 백 장의 벽돌이 매우 아름답다고 말해주었답니다.

이것이 우리가 살아가는 인생입니다.

겨우 몇 장의 삐뚤어진 벽돌이 전체를 허물게 할 수는 없는 것이지요.

오히려 완벽한 담장일 때보다는

약간의 실수로 더 아름답게 보일 수 있다는 것.

우리들 역시 수도자의 아름다운 담장처럼

우리의 인생을 예술적으로 쌓아가고 있었던 건 아닐까요.

친애하는 커피씨

내게 왜 사냐고 물으면 이제는 명쾌하게 대답할 수 있습니다.

"나는 벽돌을 쌓기 위해 삽니다."

"인생이라는 담장을 완성하기 위함이지요."

내게 주어진 시간을 잘 쌓아가는 과정이 삶인 것이지요.

작품은 완성이 되었을 때 먼발치에서 바라봐야 합니다.

그래야 그 아름다움을 제대로 볼 수 있습니다.

완성도 되기 전에 자꾸 가까이 다가서서 보면

미운 부분만 도드라져 보이기에 다시 시작하거나 고치고 싶어지지요.

작품의 감상은 후손들에게 맡기도록 하겠습니다.

지금의 나는 담장 쌓기에만 치중하려 합니다.

담장은 바로 나의 삶입니다.

다소 삐뚤어졌다 해도 내게는 소중하고 아름다운 작품이지요.

허물 필요가 전혀 없는.

간혹 처음부터 다시 시작이라고 말하는 분들이 계십니다.

과거의 시간은 절대로 사라지지 않는데도 말이지요.

그냥 인정해 버리면 삐뚤어진 담장을 허물고

다시 쌓겠다는 생각은 하지 않아도 되지요.

어차피 완벽함이란 존재하지 않기에 또 다른 실수를 하게 될 테니까요.

친애하는 커피씨

있는 모습 그대로가 아름답습니다.

고치고 다시 만들어도 원래의 것을 따라갈 수는 없지요.

[돈 받으며 세상을 배우는 곳]

친애하는 커피씨

이 아침 목적지가 있다면 행복한 사람입니다.

잠이 덜 깬 부스스한 마음이지만,

어디론가 향하기 위한 준비를 서두르고 있다면 선택받은 사람입니다.

불만이 넘쳐나도 그곳이 나를 필요로 한다면

웃으며 달릴 수 있는 사람은 행복합니다.

돈을 받으면서 세상을 배울 수 있는 곳이 있습니다.

정신과 체력도 무장시켜 주고,

간혹 자기개발을 무료로 시켜주고,

건강마저 챙겨주는 곳.

내 능력을 값을 내고 받아주는 곳.

바로 내가 향하는 일터입니다.

이 아침 직장으로 향하는 발걸음이 무거울 수 있습니다.

하지만 직장은 이런 사람을 반기지 않을 것입니다.

반대로 직장으로 향하는 마음이 즐거운 사람이 있습니다.

그 사람은 사회에서 꼭 필요로 하는 사람일 것입니다.

사람들은 자기 위주의 사고를 합니다.

그러니 이기적인 내가 남보다 늘 먼저가 되지요.

다니는 직장에 불만이 쌓여만 갑니다.

일은 많이 시키고 월급은 적게 준다고 생각하지요.

직장을 다닐 때 나는 상사가 죽도록 싫었습니다.

상사는 말로만 일하고 정작 아래 직원들은 야근을 일삼았으니까요.

얄미운 사람을 미워도 못하면 사람이 아니지 싶었습니다.

삼삼오오 마음이 같은 직원들은 상사를 도마에 올리고

난타를 치기도 했지요.

이제 다 지나간 일.

생각해보니 제가 좀 어리석었습니다.

회사는 나에게 정당한 능력을 요구하고 합당한 값을 치르고 있었지요.

일 이외의 것.

사람들 간의 관계라든지 일적인 효율성,

직장 선배들이 가진 경험들,

무엇보다 세상이 무엇인지 알게 해준 곳이었는데,

내가 너무 타산적으로 생각했던 건 아니었을까요.

사회의 현실은 고학력자도 갈 직장이 없습니다.

꿈을 향해 도전할 길이 막막하고 생계를 위한 돈벌이를 할 수 없어서

괴로운 청춘들이 울고 있습니다.

직장에 근무하며 사실은 돈으로 환산할 수 없는 많은 경험을 얻었습니다.

인생을 지혜롭게 사는 게 어떤 것이고,

사람과의 관계는 어떻게 해야 현명한지,

근무 시간의 축적은 개인적으로 발전하는 도약의 기회가 되었지요.

직장을 그만 둘 때에는 수고했다는 퇴직금마저 들고 나왔답니다.

좋은 경험은 삶을 풍요롭게 합니다.

세상이 내게 가르쳐주지 않는 것을 나는 직장에서 배웠습니다.

평생 그런 기회는 다시없을지도 모릅니다.

지금 직장으로 출근하는 길에 서 있다면 행복한 사람입니다.

직장은 내게 돈을 주면서 세상의 이치를 터득할 기회를 제공해주지요.

오늘의 배움을 내일에 활용할 수 있도록.

그런 수혜를 받고 있다면 감사한 마음으로 받아야 하지 않을까요.

직장과 직장인은 공생의 관계입니다.

누가 더 큰 이익을 가지려고 서로 탓을 하거나 원망을 한다면

발전하는 직장과 그 구성원은 없을지도 모릅니다.

주어진 조건에 만족하는 사람들이 얼마나 될까요.

하지만 지금의 직장이 내게 어떤 경험과 영향을 주는지 알게 된다면

불만은 줄어들고 기쁨으로 출근할 수 있게 될 것입니다.

커피씨,

돈을 받으며 세상을 배울 수 있다면

이거야말로 세상에서 가장 큰 수혜입니다.

[단점 겸 장점]

나는 아픔을 잘 느끼는 사람입니다.

아주 사소한 것에 가슴이 저미고 눈물이 흐릅니다.

나와 전혀 상관없는 것들에게서

살점이 떨어져 나가는 통증을 겪기도 합니다.

그러니 내 것이 나에게 아픔이 될 때에는

그 강도가 흠뻑 젖는 소나기쯤이 아니라

찰나에 모든 것을 삼키는 쓰나미가 덮치는 것과 흡사합니다.

당신도 그러할지 모르겠지만…

아픔을 잘 느끼는 것은 감정이 늘 과도하게 열려있기 때문입니다.

감정의 문이 늘 열려있으니 기쁨도, 즐거움도, 사랑도, 슬픔도

대체로 보통의 수준보다는 크게 다가오게 되는 것이지요.

아마 시를 쓰게 되는 아주 적합한 환경에 노출되어 있다 해도

틀린 말은 아닐 것입니다.

남들이 보지 못하고 스치는 것들이 내게 남다르게 다가오는 것이

싫지 않습니다.

슬픔을 남들보다 더 격하게 느끼는 안 좋은 때도 있지만,

기쁨도 남들보다는 더 새롭고 크게 다가오므로

나쁘지만은 않은 단점 겸 장점입니다.

친애하는 커피씨

너무 무던한 세상에 살고 있는 나는

그 무심한 자극이 사랑하는 사람들에게로 쏟아져 내리는 게 안타깝습니다.

아무렇지 않게 행동하고 말하는 것들이

실상은 듣고 받아들이는 사람들에게

독이 되고 있다는 걸 모르고 있는 거지요.

세세한 관심.

아픔을 불러오고 슬픈 감성을 자극하는 일인지 모르겠지만,

이 아침의 찬란한 속삭임을 누구보다 강하게 느낄 수 있어 좋답니다.

나는 감정이 과도하게 열린 것에 만족하며 살아갑니다.

[아, 나는 이토록 멋진 세상에서 살았구나]

"아, 나는 이토록 멋진 세상에서 살았구나."
"아프고 나니까 그런 생각이 드는 거 있지?"
"좀 더 빨리 알았으면 좋았을 텐데."

눈을 떴는데 며칠 전에 읽던 소설책의 한 대목이 선명하게 떠오릅니다.
암 선고를 받고 시한부를 사는 여주인공의 허공을 가로지르는 후회였습니다.
사람들은 소중함을 잃은 후에야 보지 못하던 것에 대한
뒤늦은 후회를 하게 되지요.
어쩌면 깨우침이란 값을 치러야만 얻어지는 것인지도 모릅니다.
그렇게라도 얻을 수 있다면 기적이 일어나는 것이지요.
때때로 많은 사람들이 후회 속에서도 환경을 탓하고 사람을 탓하고 마니까요.

세상은 아름답습니다.
그 무엇과도 비교할 수 없는 아름다움의 중심에 내가 있습니다.
세상의 아름다움이 돋보일 수 있는 것은 '나'라는 존재가 있기 때문입니다.

아름다움을 느낄 수 있는 나라면

그것은 나를 아름답게 바라보는 것이기도 합니다.

나를 아름답지 않다고 생각하면 세상이 그만큼 비관적으로 보입니다.

반면 나 자신을 아름답게 본다면 세상도 아름다워 보이게 됩니다.

사실, 세상의 모든 것들은 아름답지 않은 것이 없지요.

다만 현상에 현혹되어 자신을 지나치게 아름다운 대상으로 보거나

경시의 대상으로 만들기도 할 뿐.

친애하는 커피씨

아름다운 세상에 살고 있다는 것을 새삼 느끼는 아침입니다.

사랑을 해본 사람이거나

새 생명이 태어나는 것을 지켜본 경험이 있는 사람이라면,

이미 세상의 아름다움을 알고 있는 사람들입니다.

다만 우리가 아름다움으로부터 멀어지는 이유는

늘 가까이에 있어 익숙하다 보니

가끔 만나는 낯선 아름다움을 아름답다고 생각하게 되는 것이지요.

이 아침은 어느 날보다 아름다운 아침입니다.

내가 그것을 보고 느낀다면 더욱 아름다운 시간이겠지만,

만일 늘 그 자리에 놓인 가구처럼 여긴다면

세상은 자리만 차지하는 덩어리에 불과할 것입니다.

커피씨,

아름다운 세상의 아침을 맞이합니다.

더불어 아름다운 아침을 느낄 줄 아는 당신은 이미 아름다운 분입니다.

내 눈에 당신의 아름다움이 가득 차오릅니다.

[걱정해도 괜찮아]

걱정이 많습니다.
지금의 내 삶이 내 마음에 들지 않아서랍니다.

명백하지 않은 하루,
그런 삶이기에 우리는 모두 곤경에 처한 상태입니다.

작가는 초고를 쓰고 나서 퇴고를 하기까지
수없는 고치기를 반복하게 됩니다.
감정의 날씨에 따라 어느 날은 흐린 글이 써지고,
어느 날은 공허한 글을 쓰며,
화창한 날에는 신이 나서 춤이라도 출 것 같은 글을 쓰게 되지요.
모두가 곤경에 처한 감정들을 처리하는 방법입니다.

감정은 삶을 이끄는 주도자가 됩니다.
감정에 따라 삶의 방향을 동쪽인지 서쪽인지 선택하게 되고
걱정은 세 끼 밥을 먹듯 하루를 이끌어 가는 동기를 마련해 주지요.
어떠세요.

친애하는 커피씨

걱정 없이 살아간다는 게 가능할 일인지요?

걱정 없이 사는 게 소원이라고 하는 말.

이제 보니 걱정하지 않고는 살아갈 수 없다는 것을

강하게 인정하는 셈이네요.

친애하는 커피씨

걱정이 많다는 건,

삶을 진지하게 고민하며 살아가고 있다는 이야기가 됩니다.

왜냐면 삶은 명백한 것이 아무것도 없기에

고민을 모아 현명한 삶이 되도록 시간을 끌어가는 것이 인생일 테니까요.

하루의 시작을 앞에 두고 사유의 시간을 갖는 것도

오늘이 선명하게 다가오지 않기 때문이지요.

걱정이 많다는 건,

삶이 선명하지 않을 때 생기는 쓸모 있는 통증입니다.

걱정해도 괜찮다는 건,

걱정 없이 사는 것보다 걱정으로 사는 게

삶을 진지하게 살아가는 것이기 때문입니다.

이제 걱정 말라는 말은 불필요합니다.

[나만 아니면 돼]

경쟁의 아침이 밝았습니다.

아이에서 어른이 되기까지, 어른에서 죽을 때까지

기분 좋지 않게 따라다니는 것이 경쟁일 것입니다.

우리는 어쩌면 경쟁을 일삼도록 길러졌습니다.

친구와 비교를 하고

옆집과 비교를 하고

형제끼리도 비교를 하는 사회입니다.

나의 성공이 남을 이기는 것이 되고

남들에 비해 월등하지 않으면 주눅이 드는 사회.

이 아침이 버겁고 싫은 이유 중 하나겠지요.

나는 어려서부터 특별한 내가 좋았습니다.

어쩌면 남들과 비교되지 않는 품목을 애당초 잘 선택했는지도 모릅니다.

아니 비교된다 하더라도 별 신경을 쓰지 않았습니다.

나는 내가 행복한 게 중요했기 때문입니다.

초등학교를 벗어나 중학교, 고등학교로 올라갈수록

세상은 마땅히 인간을 평등하게 바라보지 않게 만듭니다.

다수는 소수를 위한 쓰레기로 취급되는 학교의 생활들.

불편하기 짝이 없었지요.

요즘의 학교도 별반 다르지는 않습니다.

아니 불평등의 구조 속에 자란 우리들은 유난스러운 부모 세대가 되었는지도 모릅니다.

지금의 아이들은 더욱 검투사와 같은 경쟁과 서열의 하루를 살아가고 있으니까요.

티브이에서 한 개그맨의 "나만 아니면 돼"라는 멘트가

이 시대의 자화상인 것 같아 마음이 아픕니다.

경쟁의 시대를 사는 우리들은 남들의 패배와 실수가

나를 위한 배려였을지도 모른다는 것을 알려고 하지 않습니다.

1등이 되기 위해서 많은 사람이 양보와 희생을 치른다고 생각하지 않습니다.

다만 자신이 거머쥔 1등을 축하받기를 바라게 됩니다.

남들의 아픔과 고통이 나와는 상관없는 사회.

왜냐면 나만 잘 되면 되니까, 라는 생각이 지배적이기 때문입니다.

친애하는 커피씨

우리는 모두 소중합니다.

따라서 모두가 행복해질 의무와 권리가 있지요.

행복한 아침임에도 인상을 쓰게 되는 건

여전히 우리 사회가 전투적인 경쟁구도이기 때문일 텐데요.

나는 남들과 경쟁하지 않으렵니다.

남들보다 많은 걸 갖기 위해, 월등해지기 위해

많은 시간과 에너지를 소모하지 않겠습니다.

나와 남을 비교하는 어리석은 일로 소중한 나의 삶을 허비하지 않겠습니다.

나의 최대의 경쟁자는 다름 아닌 나 자신이어야 합니다.

옆집과 비교하지 않고

친구와 비교하지 않는

나는 나 자신을 상대로 경쟁해야 합니다.

나는 나의 인생을 사는 것으로 행복해야 합니다.

옆집보다 잘 산다고,

친구보다 출세한다고 행복해지는 것은 아닙니다.

또 다른 옆집과 또 다른 친구들을 계속 만나게 될 텐데

그들보다 항상 월등해야 한다면 언제쯤 행복할 수 있을까요.

친애하는 커피씨

남들이 잘 되면 진심으로 축하해주고

내가 잘 되면 진심으로 축하받을 수 있는 관계.

오늘이 누군가를 이겨야 하는 날이 아닌

오늘은 내 인생의 단 하루뿐인 즐기는 날이 될 수 있었으면 합니다.

오늘을 사는 건 즐기기 위함이지 경쟁으로 괴롭기 위함은 아니니까요.

우리는 모두 다릅니다.

남들이 잘 하는 것은 인정해주고

내가 잘하는 것으로 인정받도록 해야 합니다.

매일 아침이 웃을 수 있도록 말이지요.

[많은 것을 한다는 것은 많은 것을 놓치는 것과
같습니다]

세상의 모든 아침은 고요하고 찬란합니다.

눈을 뜨면 잠시 동안이지만 이 고요함이 참 좋습니다.

세상이 온통 나를 위한 것처럼 조용합니다.

5분 뒤, 10분 뒤면 삶이 전쟁터처럼 변하겠지만,

그럴 땐 간절한 5분이 다시 오기를 기다려 하루를 보내게 됩니다.

가끔은 유명한 사람들의 하루 일과가 몹시 궁금해집니다.

나는 평범한 주부인데도 불구하고 하루를 시간 단위가 아닌

분 단위로 나눌 때가 있습니다.

현실적인 감각으로는 초 단위로 바쁜 스케줄을 감당하는 듯한 착각이 들기

도 합니다.

만능적인 여성들이 각광받는 시대라지만,

많은 것을 한다는 것은 많은 것을 놓치는 것과 같습니다.

바쁜 일상들 사이에 중요한 일들이 배어드는 건지,

중요한 일 사이에 일상을 끼워 넣는 건지

나는 요즘 많은 것을 한다는 이유로 많은 것을 놓치고 있습니다.

일 잘 하는 사람이 되기보다는 최선을 다하는 사람.

냉정한 일처리보다는 인간적인 배려가 먼저인 사람.

기다리기보다는 찾아가는 사람.

나를 먼저 드러내기보다는 상대를 충분히 이해하는 사람.

나를 버리고 네가 될 수 있는 사람.

나는 그런 사람이고 싶습니다.

아침이 사라진 것처럼 고요한 아침입니다.

숨소리가 크게 들릴 정도로 고요하다고 생각될 때

이때는 자리를 박차고 일어나야 합니다.

곧 삶의 전쟁이 터질 것이기 때문입니다.

아침에 당신과 함께 하는 산책은

일상에 초점을 맞추고 뱅글뱅글 도는 순환적인 삶에서

놓치고 잃기 쉬운 것들을 미리미리 챙기는 준비의 시간이 됩니다.

놓치고 살 수밖에 없는 당연한 현실에서

놓치는 것들을 다시 주워 담는 시간이 됩니다.

친애하는 커피씨

하루 중 가장 소중한 시간.

고요함에 머무는 시간을 일부러 마련하지 않는다면

아마도 나는 많은 것을 하느라 많은 걸 놓치고 말 것입니다.

이 시간이 내게는 나를 만능우먼이 되게 하는 힘의 원천이 되는 셈입니다.

아차하면 얻는 것보다 잃는 게 더 많은 세상.

진정한 삶의 가치는 가족의 사랑에서 시작되고

가족의 사랑으로 돌아오는 것이지요.

소중한 일 때문에 전부인 사랑을 놓칠 수는 없습니다.

많은 것을 한다는 건 많은 것을 놓칠 수 있는,

적은 것을 한다는 게 적은 것을 놓칠 수 있는 거라면

나는 나의 일을 줄여서 가장 소중한 사랑을 챙기려 합니다.

사랑을 챙긴 가치는 세월 따라 누적되어

훨씬 큰 양의 행복으로 돌아오리라 믿습니다.

커피씨,

고요해서 챙길 수 있는 것들에 감사한 아침입니다.

["아!"와 "아차!"]

오늘도 다른 아침.

오늘은 단 한 번이라서 생의 유일한 아침입니다.

새로운 기적이 새로운 느낌처럼 소생되고

새 생각은 국수 가닥처럼 길고 가늘게 뽑아져 나오는 시간이지요.

아침에는 기분 좋게 아!

하지만 밤에는 아쉬운 아차!

아침의 선택은 산뜻한 결정으로 이끌지만

저녁의 후회는 아쉬움 터덜되는 한숨이 되곤 합니다.

그럼에도 지친 마음 안아주며 내일의 화이팅을 다짐하는 반복적인 일상을

보내지요.

아침은 어제저녁을 잊지만 하루의 저녁에는 지나간 아침을 연연해합니다.

친애하는 커피씨

어젯밤 눈을 감기 전 가족의 잠든 모습을 보며 편안한 위로를 받았습니다.

예상하지 못하는 일 다반사인 하루들이지만

내 곁에 한결같이 있어주는 그들 덕분에 감사와 겸손을 배우고

내 곁을 지키는 그들로 미안함과 아쉬움도 가지게 됩니다.

아침에 눈을 떠 아직 잠든 가족의 고요한 풍경을 보며

행복이 밀려오는 것을 느낍니다.

그들이 곧 나이고 나의 삶이라는 자체가 가슴을 뿌듯하게 합니다.

아침은 시작인 동시에 받아들여야 할 희망이고

밤은 끝인 동시에 놓아줘야 할 미련인 셈입니다.

아침에는 즐거운 감탄사 "아!"를 외치지만,

밤에는 아쉬운 감탄사 "아차!"를 되뇌게 합니다.

170

괜찮아요.

다 괜찮지요.

오늘 아침은 다시 희망입니다.

아침에 만나는 가족은 다시 행복입니다.

오늘 밤은 놓아줘야 할 미련이 될지라도요.

[아픈 데만 바라보지 않기]

혹, 이 아침이 힘든 분이 계실까요?

오늘 하루가 버거움으로 다가오는 분도 계실까요?

하루를 활짝 열어버린 이 아침을 나는 어떻게 맞이하면 좋을까요.

긴 연휴가 지나고,

지금처럼 어색한 아침이 올 줄 알았답니다.

휴식이 길어지면 현실로 돌아오는 게 낯설게도 느껴지지요.

사람들이 아파서 헤매는 건

자꾸 아픈 데만 바라보기 때문이지요.

아픈 곳을 벗어난 먼 데로 시선을 돌리면

자신을 괴롭히는 아픔에서 벗어날 수 있는데 말이지요.

아픔을 사랑하는 사람마냥 꼭 붙들고 놓지 못하는 이유는 뭘까요.

정말로 내 아픔이 사랑스럽지는 않을 텐데요.

먼 곳을 바라보면

지금 들녘은 가을이 내리고 있어 황금빛을 덮기 시작했지요.

내 삶에서 먼 곳을 응시하면 아름다운 가을빛을 찾을 수 있어요.

그러다 아픈 데가 문득 다시 떠오르기도 할 테지요.

그러면 이번엔 하늘 한 번 올려다보는 거예요.

저 하늘에 빛나는 태양은 오늘도 나를 위해 힘차게 떠올랐고

밤이 되더라도 별들은 나를 위한 반짝거림을 속삭이게 될 거예요.

다시 아픔이 떠오른 데도 괜찮아요.

보고 싶지 않으니 그만 보면 되니까요.

아픈 데만 바라보지 말고,

더 크고 더 넓은 아프지 않은 데를 바라보면

세상은 온통 나를 향한 애교를 부리고 있어요.

그곳이 바로 내가 살아야 할 현실이기도 해요.

친애하는 커피씨

아주 작은 것을 자꾸만 바라보면

그게 내가 사는 세상의 전부가 돼 버리기도 하지요.

자신도 모르게 좁은 데로 빨려 들어

그곳에 갇혀 허덕이며 살아가지요.

하얀 백지에 점을 찍고 점만 바라보며 사는 것과 같아지는 거였어요.

백지에는 우리가 그려야 할 아름다운 세상이 훨씬 넓은데도 말이지요.

오늘, 그 백지에 무엇을 그리면 좋을까요.

힘들었던 일은 다 잊고

오늘의 백지에는 가을빛처럼 아름다운 채색을 해야겠어요.

커피씨,

당신을 만나니 아름다운 이 아침이 더욱 크고 넓게만 보입니다.

[사유의 아침]

당신에게 오늘은 무슨 날입니까?

내게는 오늘이 우주의 어느 별만큼 빛나는 날이기를 바랍니다.

또다시 처음, 시작하는 월요일입니다.

하루를 시작하기 전 오늘을 살기 위해

마음은 어떤 준비를 했는지 노크하듯 물어봅니다.

다행히도 오늘은 기분 좋게 마음이 소리로 답해줍니다.

어떤 날은 마음의 소리를 듣지 못하고 몸의 실천으로 살아야 하는 때도 있
습니다.

그렇지만 오늘처럼 마음이 소리를 건네주면

하루가 더 신이 나고 시간이 춤을 추듯 지나가게 됩니다.

마음의 소리를 잘 듣기 위해 이른 새벽을 택하거나 늦은 밤을 택하여

사색에 몰입하기를 즐기게 됩니다.

오늘처럼 가을의 이름으로 진한 매혹을 뿜는 아침이면

당신에게 더 집중되어 하루를 끌고 갈 기운을 스스로 찾게 되지요.

이처럼 바깥세상이 변하니 마음속의 동화도 내용이 바뀌어 갑니다.

친애하는 커피씨

하루면 마음보기를 몇 번 하는가에 따라

오늘은 그저 그런 하루이거나

오늘은 썩 괜찮은 하루가 되기도 합니다.

마음은 지금의 시간을 투영하는 거울인 셈이지요.

그저 그런 하루가 모여, 그저 그런 인생으로 살고 싶지 않기에

나는 하루의 시작을 사색으로 열고

하루의 끝도 사색으로 닫으려 합니다.

마음의 일기는 변화를 기록하지만

몸으로 실천하는 일기는 그날을 기록할 뿐이지요.

나는 참 행운입니다.

당신을 만나 오랫동안 사유의 아침을 맞고 있으니 말이지요.

매일 매일이 변화의 기록이라 다시 봐도 뿌듯하답니다.

당신이 나를 다른 사람으로 메이크업 시키고 있으니까요.

진심을 모아 감사한 마음입니다.

[당연하지 않아]

오늘도 숨을 쉬고 있습니다.

어젯밤 잠자리에 들며 당연하게 밝아 올 아침을

크게 염두에 두지 않았습니다.

밤사이 별일이 없다면 나는 아침에 눈을 뜨는 것으로

온 감각이 깨어나 살아있음을 실감하게 될 거라 생각했습니다.

나를 부끄럽게 만들려는 것이 있습니다.

나를 현실에 만족하게 하려는 것이 있습니다.

나를 게으르고 안일하게 만들려는 것이 있습니다.

그것의 정체는 바로 '당연함'입니다.

내일이 오는 건 당연하다,

내가 사랑받는 건 당연하다,

저 친구가 나를 이해하는 건 당연하다,

회사가 내게 월급을 주는 건 당연하다,

주인이 손님을 왕처럼 모시는 건 당연하다,

사람들이 내게 인사를 하는 건 당연하다.

과연 당연한 걸까요?

세상에 당연한 건 없습니다.

나는 국어에서 '당연하다'는 말을 오래전부터 못마땅하게 생각했습니다.

언어가 곧 사람이기 때문입니다.

내가 어떤 내용의 언어를 쓰느냐는

내가 어떤 사람인지를 알게 합니다.

평소 습관적인 생각이 밖으로 표현되는 것이 '말'입니다.

생각이 착각과 편견으로 가득한 사람은

아무 데서나 '당연함'을 들먹이게 됩니다.

'내가 저 사람의 선배이니 저 사람이 내게 예의를 갖추는 건 당연하다.'는

위험한 생각입니다.

사람 위에 사람 없고 사람 아래 사람 없습니다.

학연, 지연 꼬박꼬박 따지며 대접받으려는 사람들이 있는데

존중받고 싶으면 먼저 존중하면 되는 것입니다.

'결혼을 했으니 저 사람은 당연히 내거야.'는

결단코 지혜롭지 못한 생각입니다.

결혼을 했더라도 그 사람은 나만의 소유물이 아님을 인정해야 합니다.

나의 반려자는 내가 아닌 사람들에게도 사랑받고 존경받아 마땅합니다.

결혼은 두 사람의 삶을 공유하기 위한 것이지

편협한 사랑을 독식하기 위한 제도는 아니기 때문입니다.

친애하는 커피씨

모든 것의 전제에서 '당연함'을 빼버리면

단절되듯 부러지는 인간관계는 안 될 것입니다.

'당연함'이 사라진 자리에는 자연스럽게 '감사함'이 자리하게 될 것입니다.

당연함으로 뻣뻣하게 살았다면 감사함으로 부드럽게 살 수 있습니다.

당신의 존재가 '당연하다'고 생각한다면

오랜 시간 당신께 쓰는 편지를 지속할 수 없었을 것입니다.

커피씨,

나는 매일 당신께 감사하고 다가와 준 오늘이 감사합니다.

소중한 것을 대할 때는 당연하게 생각할 것이 아니라

감사해야 하는 것입니다.

그렇지요?

[외로움을 느낀다는 것은 삶의 열정이 가득하다는
반증입니다]

아직은 세상이 잠든 것처럼 고요한 시간입니다.

고요함으로 시작하는 하루는 열정에 더 가까워질 수 있어서 좋습니다.

작은 소리를 들을 수 있고

작은 움직임도 볼 수 있으며

작은 떨림이 마음에서 느껴지기 때문입니다.

바쁜 시간을 살며 허공을 걷는 듯 마음 둘 곳이 사라져 갑니다.

외롭고 싶어도 외로울 시간조차 넉넉지 않아

불안한 스트레스들이 쌓여만 갑니다.

정작, 나만의 짙은 외로움을 느낄 시간이 넉넉하다면

가벼운 외로움이 스쳐도 외롭다고 말하지는 않을 것입니다.

외로움은 나의 깊은 내면으로 가는 경로이기에

나를 알고 싶다면 누차 마련해야 하는 시간입니다.

"무엇보다 나를 괴롭히는 것은 살아갈수록

외로워할 시간이 줄어든다는 것이었다"고

시인 안도현이 말했습니다.

외로운 것 자체가 나쁜 것은 아닙니다.

충분히 외로울 때 예술이 꽃으로 승화될 수 있는 것처럼

자기이해의 시간을 갖게 되면

아주 작은 것에도 겸손하며 감사할 줄 알게 됩니다.

친애하는 커피씨

외로움이 번지는 아침,

나는 미세한 소리와 움직임

그리고 마음의 작은 떨림도 한층 잘 느낄 수 있습니다.

커피씨,

외로움은 외로움이 아니고

외롭지 못한 것이 진정 외로움이 아닐까, 생각이 됩니다.

외로움을 꼭꼭 숨긴다면 그것은 병이 되겠지만

짙은 외로움을 독한 술 한 모금처럼 음미할 수 있다면

어쩌면 삶으로의 열정이 될 수 있는 것입니다.

외로움을 느낀다는 것은 삶의 열정이 가득하다는 반증입니다.

나는 열정의 삶을 좋아합니다.

그러므로 나는 외롭습니다.

커피씨,

당신과의 시간을 외롭게 즐기는 아침입니다.

어쩌면 당신도 나와 같은 생각인가요?

[미리서 미안합니다]

당신께 편지를 쓰려고 노트북을 여는 순간

메모한 종이 한 장이 눈앞으로 떨어집니다.

많은 메모들 중에 오늘 아침에서야 필연적인 메시지를 주고자 하는 까닭일

까요?

인생은 바로 시간이라 했다.

주어진 시간을 어떤 것으로 채우느냐에 따라

인생의 내용이 결정되는 것이다.

그동안 영원히 함께 있을 것 같은 착각 속에서

해야 할 일들이나 사랑하는 사람들을 얼마나 많이 떠나보내며 살았던가?

전 충북 도지사 이원종의 글입니다.

인생은 사람과 관계하는 시간들의 기록입니다.

누구를 만나 어떻게 살아가느냐가 인생의 중대사입니다.

영원함은 시간의 제약을 받는 인간들의 오랜 바람이자 착각이지요.

영원한 것은 없습니다.

기다림 또한 나의 몫이지 타인의 몫은 아니었습니다.

그랬기에 상대는 내 마음이 돌아서기까지 기다려 주지 않았고,

나를 기다리지 않을 것입니다.

그렇게 잃어버린 시간들이 나의 추억이고 과거였습니다.

안타깝게도…

친애하는 커피씨

요즘 마음이 불편한 일이 있었습니다.

사람들은 자신이 잘못을 하고도 상대방이 알아서 헤아려 주기를 바랍니다.

자신의 잘못을 진심으로 뉘우치지 않고 건성으로 미안함을 전합니다.

나 역시 그들에게 영원할 사람은 분명 아닐 텐데요.

미리서 사과를 합니다.

나도 누군가의 마음을 헤아리지 못하고 독단에 빠져

상대가 알아서 헤아리기를 강요했을지도 모른다는 생각이 들어서입니다.

혹여 정신이 무너져 독한 말로 당신을 아프게 한데도

나의 진심이 아니었음을 미리서 사과드립니다.

미안합니다.

당신의 마음 아프게 해서요.

지금 내 옆에 소중한 사람들과 일이 있습니다.

하지만 영원할 사람들과 일은 아니기에

사는 동안 아픔으로 떠나보내는 사람이나 일이 되지 않도록

각별히 마음을 다 해야 할 것입니다.

사람은 언제나 상대적인 마음이 들게 되지요.

내가 누군가에게 함부로 생각되다 보니

혹 내가 누군가를 함부로 대하지는 않았는지 돌이켜 봅니다.

미처 눈치 채지 못했거나 앞으로 눈치 채지 못할 수도 있으니

나는 미리서 미안하다고 말하렵니다.

그리고 서운한 마음이 들었거든 말로 꼭 표현해 주기를 바랍니다.

무엇보다 미안할 일을 만들지 않아야겠습니다.

커피씨,

혹 나로 인해 힘든 마음은 없으신지요?

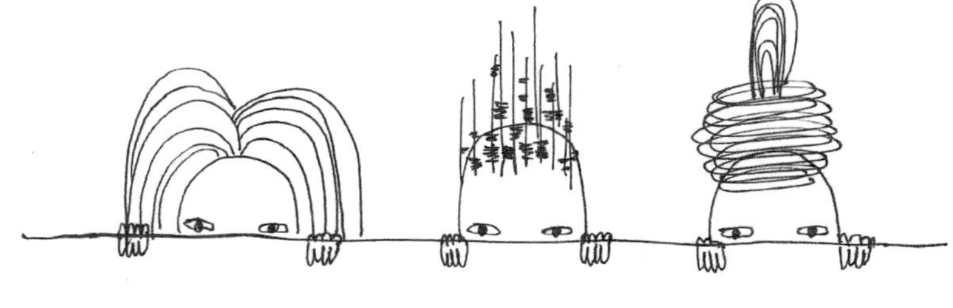

06

[사람]

틈새인,
세상의 틈을 메우는 사람들

내게서 사람의 모습을 본다면
나는 사람으로 살고 있는 것이다.
누군가 놓아버린 손을 잡았으니 천만다행이다.

[바보가 가진 것 하나]

나는 가끔 바보이고 싶습니다.

바보가 될 수 없기에 바보를 동경합니다.

사람들이 바보를 비난했습니다.

멍청하다고 손가락질도 했습니다.

그런 사람은 바보를 이해하지 못하는 사람입니다.

우리 동네에 아침마다 같은 길을 걸어가는 사람이 있습니다.

행색이 남루해서 빈곤해 보입니다.

매일 아침이면 지나치는 길에 그 사람이 걷고 있습니다.

추워도 더워도 매번 같은 옷을 입고, 매번 같은 슬리퍼만 신습니다.

같은 옷에 같은 신발만 신고 다니는 게 아니라

그 사람 얼굴은 항상 해맑게 웃고 있습니다.

사람들은 한결같은 모습으로 매일 아침 같은 길을 걷는 그 사람을 바보라고

부릅니다.

우리는 모두 어설픈 바보입니다.

진정한 바보가 될 자격이 없지요.

우리는 마음에 행복과 불행을 함께 가지고 있지만
진짜 바보는 마음에 행복 하나만 가지고 있지요.

바보는 마음에 걱정이 없는 사람입니다.
자신이 남루해 보여도,
자신더러 바보라고 놀리는데도,
일 년 내내 같은 옷, 같은 신을 신는데도
바보는 항상 웃고 있습니다.
남의 시선을 개의치 않고 자신의 모습 그대로 행복해 합니다.

사람들은 자신보다 잘난 사람들을 보면 욕을 하지요.
아마 바보를 보면 자신보다 잘난 사람이라고 생각하는가 봅니다.
그러니 비웃고 비난하지요.
진짜 바보는 사람들을 비웃거나 비난하지 않습니다.

바보는 언제나 해맑게 웃고 있습니다.
마음에 행복 하나만 가지고 사니까요.

커피씨
나는 가끔 행복 하나만 가진 바보가 가장 부럽습니다.

[당신을 통해 살다]

아침을 맞이하면 아침을 통해 하루를 즐기게 되고

햇살을 맞이하면 햇살을 통해 나의 감정을 느끼게 되고

당신을 맞이하면 당신을 통해 내가 살아가는 모습을 발견하게 됩니다.

여행을 떠나는 사람들은 여행을 통해 살고,

사진이나 그림을 그리는 사람들은 그것들과 통하며 살아가지요.

삶은 제 혼자 근사한 옷을 입지 못하고,

자신을 곱게 드러내기 위한 방법을 찾게 마련입니다.

어떤 이는 도심을 떠나 자연으로 거처를 정하고

낮에는 풀과 나무와 하늘과 친구하고,

밤에는 별의 반짝임과 벌레소리와 자신의 숨소리를 가깝게 느끼며 살아가

지요.

자신을 혼자 두지 않고 늘 무엇에 맞닿아 느끼려는 절실함이

곧 우리의 삶을 이끌고 가는 것이지요.

무엇을 통하여 사는지가

자신의 삶을 그 어떤 모습으로도 보이게 하는 것입니다.

친애하는 커피씨

친애하는 커피씨

나는 당신을 통해 살아가고 있습니다.

나의 삶이 당신을 통해 다듬어지고 건강하게 길러지고 있습니다.

나는 이미 당신의 이름으로 기억되는 사람이 되었고

이는 날마다 당신을 통해 사는 하루이기에 가능해진 일입니다.

커피씨

나는 오늘도 당신을 통해 살기 시작합니다.

내 삶의 전반이 당신과 맞닿아 깨닫고 느끼는 것을 즐기고 있습니다.

매일 아침 하루를 살아가기 위한 고운 방법으로

당신을 찾게 되는 것이지요.

당신으로 하여 세상을 아름답게 바라보고

당신으로 하여 나는 소중한 사람이 됩니다.

그러니 매일 이 시간 당신과 만나는 모닝커피를 즐기지 않을 수 없습니다.

늘 내게 당신의 전부를 허락하는 커피씨,

당신을 통한 삶이라서 행복합니다.

[어른의 아침에 찾아오는 아이]

평화로운 아침에 더위를 잠시 잊어봅니다.

세상은 가장 바쁜 아침을 맞이하느라 분주할 테지만

집 안에 불어드는 실바람 한 줄은 가장 태평한 시간에 내려앉습니다.

나는 그 바람이 실어 온 세상의 아침을 가슴 가득 맞이합니다.

살다 보면 좌절도 맛보고, 실망으로 낙담도 해보고,

뜻하지 않는 상처를 입고 고통의 시간을 보내게 되지요.

인생 사이사이에 끼인 아픔들을 겪으며

우리는 아이에서 어른으로 성장을 합니다.

세상을 시작하는 어른의 아침에는 아이적 순수한 눈망울이 들었습니다.

시간의 틈에 끼인 만고의 경험들로 겉은 거친 나무껍질처럼 될지라도

아침의 어린 빛은 나를 가장 순수하던 시간으로 데려다 놓습니다.

어른의 모습이 되었다고 아이가 사라지는 건 아닙니다.

아이는 가장 맑은 아침시간에 동네를 뛰어다니듯 놀러 나오고

그림자가 길어지는 석양의 시간에는 지친 어른의 모습으로 돌아갑니다.

아침은 어리고 밤은 늙어지지요.

그래서 아침은 쨍하게 빛나고 밤은 달빛에 곱게 물드나 봅니다.

아침의 눈부심은 어린 살갗을 밝고 투명하게 하고

밤의 은은함은 깊은 주름을 부드럽게 덮어주니까요.

친애하는 커피씨

어른의 하루를 살기 위한 어린 아침은 우리에게 축복입니다.

매일 만나는 아침이지만 이 시간이 상쾌하고 기뻐지는 것은

어른의 긴 하루를 넘기고 잠시 동안의 어린 시간을 만나기 때문일 겁니다.

아주 잠시 동안 찾아오는 내 안에 어린아이가 오늘은 이토록 반갑습니다.

나의 어린 영혼과 어린 향기는

가장 조용한 이른 아침에 슬며시 찾아와 기쁜 달리기를 시작합니다.

커피씨,

딩신도 어린 나와 함께 뛰어주실래요?

[걸어 다니는 도서관]

오늘의 문이 열립니다.

오늘의 도서관이 열립니다.

노인을 가리켜 걸어 다니는 도서관이라고들 합니다.

그만큼 살아오신 세월로 세상을 모두 담은 책처럼 된다는 의미겠지요.

10대 때는 20대를 모르고

20대 때는 30대를 모르고

30대 때는 인생의 중반을 알 턱이 없습니다.

황혼을 맞은 노년의 분들은 세상의 젊은이들이 감히 가질 수 없는

지혜와 덕망과 노련함을 가지고 계시지요.

책으로 따지자면 장르를 망라한 만 권 이상의 도서관이라 할 수 있음이지

요.

하루를 살면 모르던 하루를 배우게 됩니다.

시간은 초와 분으로 이루어진 수학적인 흐름이라기보다

시간에 맞물린 일상 자체가 지식이고 지혜인 셈입니다.

시간을 쌓는 것으로 인생을 쌓게 되고

많은 시간이 누적되면 책이 한 권, 책이 두 권…

노년에는 시간의 활용도에 따라

사람마다 각기 다른 권수의 책을 쓴 것이라 볼 수 있지요.

지금은 돌아가셔서 만나 뵐 수 없지만

나의 외할머니는 아주 작은 체구셨습니다.

외할머니는 8남매를 낳으셨고 따라서 손주도 매우 많으셨지요.

외할머니는 조용히 다가오셔서 "네가 제일 예쁘다." 하셨어요.

물론 모든 손주를 똑같은 방법으로 사랑하셨다는 걸 나중에 알았지만요.

내가 제일 사랑받는 느낌, 착각이지만 좋았어요.

나는 그렇게 많은 사람들을 일일이 배려하는 지혜를

외할머니로부터 배울 수 있었답니다.

사람의 욕심은 질투에서 출발합니다.

질투가 사람들의 관계를 나쁘게도 하고요.

사람들 간의 좋은 관계는

개인의 존중에서 시작된다는 걸 외할머니께서 알려주신 셈입니다.

책의 활자로도 깨우칠 수 없는 '사람을 존중하는 법'을 배운 것이지요.

아주 소중한 책 한 권을 선물 받은 것이지요.

친애하는 커피씨

삶을 살면서 자연스럽게 터득한 지혜는 다시 후손들에게로 이어집니다.

노년의 분들이 모두 학력적으로 평등하지는 않지만

학교에서 배우는 것보다 더 훌륭한 지혜를 생활에서 습득하셨습니다.

살아보니 알겠습니다.

볼 줄 모르던 것을 보는 힘.

참을 줄 모르던 것을 인내하는 힘.

고통에서 편안하게 나를 돌보는 힘.

거친 세상을 아름답게 관조하는 힘.

이제 비록 중년 무렵에 접어들었지만 세상을 평화롭게 보는 힘이 생깁니다.

노년에는 어떤 마음으로 세상을 대할 수 있을지 궁금하지 않을 수가 없습니다.

사는 만큼 세상을 배우게 됩니다.

청년을 지나 중년을 넘어 노년에 이르면

지혜의 창고인 도서관이 될 수 있을 것입니다.

인생을 살면서 무엇을 이룰 수 있을지

의구심을 가지지 않아도 될 것 같습니다.

나는 내 이름 석 자의 도서관을 가지는 것으로

노년이 매우 흡족해질 거니까요.

커피씨,

당신은 어떤가요?

내가 존경하는 당신은

이미 살아있는 도서관입니다.

[당신은 내게 무엇입니까]

친애하는 커피씨
당신은 내게 무엇입니까.
세상의 모든 웃음과 기쁨이라면
부드럽게 다가오는 바람이고
한 가닥 따스한 빛줄기입니다.

당신은 내게 무엇입니까.
세상의 모든 사랑과 열정이라면
향기로움으로 유혹하고
강렬한 힘으로 안아줄 이입니다.

당신은 내게 무엇입니까.
세상의 모든 꿈과 기도라면
온갖 언어로도 채워지지 않을
찬란한 순간을 열어주는 이야기입니다.

당신은 내게 무엇입니까.

하늘이 허락한 최고의 희망이고
끊이지 않을 자상한 약속입니다.
당신은 오늘 방문한 나의 아침입니다.

친애하는 커피씨
당신은 내게 친밀한 아침입니다.

[신을 닮은 사람]

하루가 출발하는 시간,

오늘도 나의 하루는 내 인생의 리얼한 기록으로 남을 것입니다.

오늘을 진심으로 대하면 진심의 기록으로 남을 것이고

오늘을 가식으로 대한다면 가식의 기록이 남을 테지요.

남을 속이고 살 수는 있어도 나 자신을 속일 수는 없는 거지요.

내가 내 삶에 진정성을 갖지 않는다면

나의 삶은 잃어버린 진심 덕에

진짜가 아닌 가짜가 돼 버릴 수 있습니다.

나 자신을 소중히 여겨

하루의 시간을 헛되거나 거짓되게 쓰지 않고자 하는 이유는

내 삶이 가식이 아닌 진실이기를 바라기 때문입니다.

남에게 보이는 것이 중요한 세상이 되었습니다.

더불어 나에게 보이는 나보다는 남에게 보이는 나를

더 신경 쓰고 살아가는 세상이 되었습니다.

하지만 나에게 가식이 돼 버린 나는

남에게도 가식이 돼 버릴 수밖에 없습니다.

나를 좀 더 진심으로 잘 대하여 준다면

자연히 남에게도 진심으로 대하는 사람이 될 수 있겠지만요.

무엇보다 대인 관계가 가장 어려운 세상이 되었습니다.

남들에게 인정받고 싶지만 그들도 역시

남들에게 인정받기를 바라기 때문에

자신들을 진심으로 들여다보지를 않습니다.

자신을 보지 않고 상대를 대하니 진심은 더욱 사라지게 되었습니다.

얼마 전 지인으로부터 소중한 말을 얻어 왔습니다.

나를 소중히 여겨 나를 진심으로 대접하면

나는 그 대접에 준하는 사람이 되겠지만

나를 함부로 여겨 나를 가식적이거나 비양심적으로 대접하면

다른 사람으로부터도 하대한 대접을 받게 된다는 것입니다.

내 자신의 격은 나에게서 시작하여

나에게로 돌아온다는 것을 알려주셨지요.

결국 모든 것은 진심에서 출발하는 것입니다.

사랑을 할 때에도 진심으로

가족을 대할 때에도 진심으로

친구를 대할 때에도 진심으로

일을 할 때에도 진심으로

무엇보다 나를 대할 때에 진심으로 대해야 한다는 것.

모든 것은 자세가 중요합니다.

스포츠에서 기본자세가 나쁘면 훌륭한 결과를 거둘 수 없듯이

인간의 삶도 인생을 대하는 기본자세가 나쁘면

좋은 인생을 살 수 없습니다.

내 인생은 오로지 나만이 책임질 수 있는 것입니다.

내가 나를 함부로 대하면 내 인생은 비극에 가깝고

내가 나를 진심으로 대하면 내 인생은 희극에 가까울 것입니다.

친애하는 커피씨

스스로를 포기하는 삶은 신도 바라봐주지 않을 것입니다.

반대로 스스로를 진심으로 돌보는 삶이라면

신이 한 번 더 바라봐 주지 않을까요.

신은 하나이지만

신은 자신을 닮은 사람을 세상 도처에 심어 놓았다고 합니다.

신을 필요로 하는 사람 근처에는 신을 닮은 사람들이

그들을 돌보며 살아간다고…

그럴 수만 있다면 나는 신을 닮은 사람이고 싶습니다.

나의 하루의 기록은 내 진심을 바탕으로 쓰일 것이고

사람에게 진심으로 대하는 삶으로 나는 신을 닮고자 합니다.

진심 하나로 세상이 좀 더 아름답기를 바라는 아침입니다.

커피씨,

나를 소중히 대접하여

내 하루가 진심의 기록이 되도록 하겠습니다.

어느 흔한 가식적인 날이 되지 않게 말이지요.

[우연 같지 않은 우연]

지하철을 타거나 버스를 탈 때,

또는 거리를 걸을 때,

카페에 앉아 수없이 열리고 닫히는 문을 바라볼 때,

한 공간에 우르르 몰려들어 상영되는 영화 화면만 바라볼 때,

문득 나와는 전혀 상관없는 사람들 속에 내가 있다는 것을 느끼게 됩니다.

세상은 우연히 만나는 사람들로 가득한 곳입니다.

멀리서도 선명하게 보이는 나와 같은 옷을 입은 사람.

흔하지 않은 내 가방을 친밀하게 들고 내 앞을 지나치는 사람.

카페에서 커피를 주문하는데 나처럼 머그컵에 달라고 말하는 사람.

백화점에서 사고 싶은 옷을 입어 보는데 누군가 나와 똑같은 옷을 계산하는

사람.

우연이지만 우연 같지 않은 사람들이 많은 세상입니다.

책을 보다가 나와 똑같은 생각이 적혀 있어 가슴이 섬뜩했던 적.

처음 보는 사람인데 그 장소에 있는 사람을 이미 꿈에서 만났던 적.

길에서 마주 걸어오던 사람이 내게 아는 척을 할 것 같다고 생각하는데

정말 길을 물어왔던 적.

우연이지만 만남이 예고되었던 사람들이 있습니다.

친애하는 커피씨

우리는 수많은 우연에 노출되어 있습니다.

그 많은 사람들 중에 특별한 마음을 주게 되면

우리는 필연이라는 해석을 하게 됩니다.

우연히 만나는 사람.

우연히 만나고 싶은 사람.

어쩌면 소중한 인연이 될 사람입니다.

어느 모임에 초대를 받으면

과연 어떤 사람들을 만나게 될까 궁금해집니다.

전혀 모르지만 같은 목적을 갖고 한 공간에 모여드는 사람들.

때로는 소중한 인연으로 발전하여 사랑이 되고 가족이 되기도 합니다.

때로는 평생지기 친구가 되기도 하고

때로는 잊지 못할 은인이 되기도 합니다.

이처럼 우연히 만났지만 필연이 되고 마는 사람들이 있습니다.

한 번도 만난 적 없는 모르는 사람들 속에서

우리는 소수의 사람들과 인연을 맺고 살아가지만

어쩌면 오늘에는 또 내일에는 나와 우연한 인연이 되었다가

소중한 필연으로 발전하는 사람들이 있을 것입니다.

어제까지만 해도 전혀 예상치 못한 만남이

오늘과 내일에는 특별하게 다가올 수도 있다는.

커피씨.

새로운 사람을 만나고 우연에서 필연으로 옮아가는 일은

새 옷을 사고, 새로운 곳에 여행을 가는 것보다

훨씬 의미 있고 소중한 일이 아닐 수 없습니다.

사람과의 만남이 항상 설레어지는 이유입니다.

커피씨 당신을 만나 소중한 추억을 쌓아가고 있듯

오늘은 어떤 사람이 나와 소중한 인연을 맺게 될까요?

설렘 가득 안고 출발하는 아침입니다.

[마음이 웃는 사람]

밤이 지나간 새벽은 고요하고 깨끗합니다.

어둠이 세상을 정화하는 사이 시간은 묵묵히 기다려 주었습니다.

밤새 안녕하시지요?

웃고 있는 나를 느끼시는지요?

내가 웃고 있다는 것은 마음이 웃고 있다는 것입니다.

반면 내가 웃고 있지 않다는 건 마음이 웃고 있지 않다는 것입니다.

그만큼 나의 몸은 나의 마음을 고스란히 반영하지요.

많은 사람들이 웃음을 잃고 살아가지요.

겉으로 웃는다 해도 웃음에 진심이 없으면

가식이라는 걸 느끼게 됩니다.

내가 무엇을 할 때 웃고 있는지 곰곰이 생각해 봅니다.

내가 무엇 때문에 마음이 편안한지 가만히 느껴봅니다.

내 몸의 주인인 영혼이 무엇으로 행복한지 들여다보니

바로 '사랑'때문입니다.

나는 사람을 사랑합니다.

그것이 세상을 사랑하는 일이 됩니다.

사랑이 마음에 머물면 몸은 사랑을 품은 사람이 되는 것.

사랑을 품은 사람이 되면,

세상을 삐딱하게 보지 않고

세상을 부드럽고 달콤하게 느낄 수 있게 됩니다.

세상이 불만인 사람들은 마음에 사랑이 없기 때문입니다.

그러나 사랑이 마음 안에 없다고

자신이 세상에 존재하지 않는 것은 아닙니다.

다만 아름다워야 할 존재가

그 가치를 상실한 채 누더기의 모습으로 살아가게 되지요.

내 몸에 고운 옷을 입히고 싶으면 마음에 사랑부터 심으면 된답니다.

친애하는 커피씨

우리는 심각한 착각 속에 살아갑니다.

세상을 바로 보게 해주는 '사랑'을 잃고

착각의 시선으로 바라보는 세상이 현실이라고 받아들입니다.

사람, 혼자서는 살아갈 수 없는 나약한 존재입니다.

그래서 우리는 사람이려면 사람이 필요합니다.

사람은 사람을 진실로 사랑하게 될 때 좋은 세상을 얻을 수 있는 것이며

자신의 존재도 아름다운 빛을 내게 되는 것입니다.

세상이 무아지경으로 혼란스러운 건

바로 이 사랑을 잃어버린 사람들이 난무하기 때문입니다.

커피씨,

좋은 사람,

사랑하는 사람,

우리 그런 사람 맞지요?

208

[왜 태어났니?]

"우리는 왜 태어났을까요?"

힐링캠프를 보다가 이경규 아저씨의 질문에 화들짝 놀랐습니다.

문제에 부딪혔을 때 내 머리에 꽉 들어차는 의문이기도 해서요.

이 질문에 대한 답을 법륜 스님이 하셨지요.

"이유가 있어서 태어난 게 아니고, 태어났기 때문에 이유가 생기는 겁니다."

다시 한 번 심장이 쿵 하고 내려앉는 것 같았습니다.

생각보다 간단하고 명쾌한 답이라서요.

삶은 이유가 있기 전에 주어지는 것입니다.

이유를 따져 묻는 사람이 어리석은 거였지요.

나는 왜 이렇게 못 생겼을까?

나는 왜 이렇게 노래를 못 부를까?

나는 왜 이렇게 숫자에 약할까?

나는 왜 이렇게 성격이 급할까?

나는 왜 이렇게 너에게 못된 걸까?

우리가 일상에서 쉽게 뱉어내는 말들입니다.

법륜 스님이 좋은 방법도 알려주셨지요.

"왜라고 묻기 전에 어떻게 할지 생각하세요."
이 또한 통쾌하고 시원한 답변이셨지요.

법륜 스님의 말씀대로라면,
나는 못 생겼으니 어떻게 하면 개성 있게 보일까를 생각하고,
나는 노래를 못 부르니 어떻게 하면 춤이라도 잘 출 수 있을까를 생각하고,
나는 숫자에 약하니 어떻게 하면 계산하는 직업 말고
다른 직업을 가질 것인지를 생각하라고 권합니다.
나를 탓하기보다 내가 어떻게 하면 행복해질 수 있을까를
연구해야 한다는 것이겠지요.

친애하는 커피씨
주어지는 삶은 어쩌면 랜덤입니다.
선택하는 것이 아니라 선택되는 것이지요.
나의 생김새와 재능을 탓하지 않고
내게 주어진 모습을 어떻게 하면 잘 가꿀 수 있는지를 생각해야 합니다.
이유를 묻기 전에 이유가 생기는 원인부터 해결해야 합니다.
이유의 원인은 아마도 열등감이 아닐까 생각됩니다.

주어지는 오늘 하루도 랜덤입니다.
이유를 따지지 말고 어떻게 잘 보낼 수 있을지 생각해야겠습니다.

[앞은 보이되 뒤를 보이지 않는 사람들]

신은 왜 사람에게 시각을 절반만 허락했을까요?

사람에게는 완벽한 시각이 없어서

보는 눈을 가졌지만 우리는 절반은 알고 절반은 모르고 살아갑니다.

그래서인지 늘 모르는 반쪽을 향한 막연한 그리움을 갖습니다.

나는 항상 당신의 앞이나, 당신의 뒤, 당신의 옆에서만

당신을 바라볼 수 있습니다.

혹여 당신의 전부를 한 번에 볼 수 있다면

당신의 앞에서는 당신의 뒤가 궁금하지 않을 것이고,

당신의 뒤에서는 당신의 앞을 의심하지 않을 것입니다.

자상한 뒤태의 앞모습은 울고 있거나 슬퍼하고 있는 건 아닌지요.

당신 오른쪽에 있을 때 당신의 왼쪽은 손사래를 치는 건 아닌지요.

당신 위에서 당신의 아래를 볼 길이 없어 답답합니다.

친애하는 커피씨

누군가가 나의 보이지 않는 반쪽으로 힘들어하지는 않을까,

그들도 내가 힘들고 어렵게 느껴지지는 않을까,

나조차도 내 앞모습만 줄기차게 보이니 답답해져 옵니다.

모닝커피를 앞에 두고 뒷모습을 상상하며 바라봅니다.

상상은 늘 거기까지입니다.

진실은 섣불리 모습을 드러내지 않지요.

만약 사람의 시각이 온 모습을 한 번에 다 보도록 허락되었다면

어땠을까요?

아마 사람들은 사람에게 호기심을 갖지 않았을지도 모릅니다.

가까이 다가가 알려고 들지 않았을지도 모릅니다.

커피씨,

신이 사람에게 반쪽의 시각만을 허락한 건

보이지 않는 반쪽에 대한 이해심을 갖게 하기 위한 게 아니었을까요.

다시 아침입니다.

사람들을 만나게 될 것입니다.

오늘도 여전히 반쪽만 보이는 사람들과의 만남이 있을 겁니다.

앞은 보이되 뒤는 보이지 않는 사람들,

그 사람들의 나머지 반은 나의 이해심으로 찾아야 하는 거겠지요.

진심, 그것으로 그 사람들에게 어울리는 반쪽을 찾아주고 싶습니다.

또한 내가 보지 못하는 나의 반쪽도 그들이 잘 찾아주기를 바랍니다.

친애하는 커피씨

[나를 발견하는 사람들]

어제는 하루 종일 비가 내렸지요.

비를 피할 수 없는 시간에는 살짝 살짝 비를 맞으며 다녔었는데요.

불편한 비가 옷에 떨어지니 옷의 색이 짙고 선명해졌습니다.

시간이 지나면 젖은 옷이 말라 원래의 옷색으로 되돌아 왔지만

다시 비가 내리는 밖으로 나가면 한 두 방울 짙은 물색이 올라왔습니다.

또렷하게 선명한 자국,

무언가 발견되는 시간들,

사람과 사람이 만나면 나는 그들에게 모르던 사람에서

점점 선명한 사람이 되어갑니다.

내게도 낯선 모습이 있다는 것을 사람과의 만남을 통해서 확인하게 됩니다.

나는 나에 대해서 얼마큼 알고 있을까요?

내가 모르는 나를 발견하는 사람들이 있습니다.

나는 끊임없이 나를 찾아가는 시간을 살지만

정작 진실한 나를 발견하는 시간은

사람들과의 관계 속에 있는 나를 격정적으로 느낄 때입니다.

때로는 나 보다 나를 더 잘 알고 이해하는 사람을 만나기도 합니다.

그리고 우리는 서로가 통한다는 사인을 주고받게 됩니다.

친애하는 커피씨

보통의 날에는 나는 파란색을 좋아합니다.

하지만 사람들과 만남 속에 드러나는 나는

짙은 파란색을 좋아하고 있습니다.

사람들과의 관계로 하여

내가 좀 더 선명하고 확실해지는 시간들인 것이지요.

혼자일 때는 자신의 색이 희미하게 보이지만

여럿일 때는 확연한 나의 색을 바라보고 의식하게 되지요.

때로는 보이는 그 자체로 사람들이 나를 인정해 줍니다.

214

커피씨,

나를 발견하는 사람들,

모르던 나를 발견해주는 사람들 덕분에

나는 나를 좀 더 깊게 이해하게 되고 알아가게 됩니다.

사람이 참 소중하고 감사한 아침입니다.

오늘은 과연 어떤 사람들과의 만남을 통해

내가 무슨 색일까, 알아가는 기회를 가지게 될까요?

설레어 집니다.

[당신에게서 나를 봅니다]

가끔은 이대로 살아도 괜찮은 건지라는 생각을 할 때가 있어요.

오늘의 모습이 과연 내가 살아가는 최선인지,

아님 지금의 모습이 아니라도 충분히 스스로 곤궁스럽지 않을 수 있는

또 다른 삶이 존재하기나 하는 건지요.

지금의 내가 어떤 사람인지 알고 싶으면,

현재 어떤 사람과 어울리며 사는지 살펴보라는 글을 본 듯합니다.

좋은 사람 곁에는 좋은 사람이 있기 마련이니까요.

어쩔 땐 그 사람보다 그 사람의 지인들이 더 부러울 때가 있어요.

끼리끼리 어울린다는 말,

참 적절한 표현이다 싶어지지요.

나는 누구와 친하게 관계하고 살아가는지를 생각해보는 아침입니다.

나는 한때 나의 안목을 무작정 믿었던 때가 있었어요.

지금 생각하니 참 무모하기 짝이 없었지요.

사람을 만나고, 만남을 지속한다는 게

내게도 말처럼 쉬운 일은 아니었어요.

덜컹 좋아 만나다가 온갖 수모를 당하기도 했고,

좋은 사람이라 믿다가 의도된 만남인 걸 뒤늦게 알기도 했지요.

어느새 세상에서 사람이 제일 무섭다는 걸 거부할 수 없게 되었어요.

아무도 믿지 못할 것만 같았지요.

친애하는 커피씨

나는 사람과 시간이 가장 소중하다고 생각하는 것에는 변함이 없어요.

믿었던 사람들에게 받은 상처가 여전히 믿어도 좋을 사람을 찾게 하고,

좋은 사람들과의 좋은 인연을 유지하고 싶게끔 하지요.

좋은 사람과 만나고 싶은 거,

나도 누군가에게는 소중하게 기억되고 싶은 마음이겠지요.

216

작가 은희경은 자신이 초대받은 식사 자리에서

박경리, 박완서, 오정희 등 우리나라 문학의 대가들과 아침을 먹으며

자신도 비로소 작가가 된 거라고,

꿈이 아닌 현실이라고 기뻐했다지요.

그러고 보면 나라는 사람은 함께 하는 사람들에 의해 돋보이는 인생인 거지
요.

커피씨,

당신은 내게 좋은 사람으로 머물고 계시지요.

나 또한 당신께 좋은 사람이어야 할 텐데요.

어떤가요?

나 이대로 괜찮은 건가요?

당신에게 좋은 사람인가요?

[반대편을 돋보이게 하는 사람들]

밤의 반대편에서 당신을 다시 만납니다.

아침이 찬란한 햇살을 내게 드리워

어둠의 시간이 흘렀다는 것을 알게 하지요.

아침은 그냥의 아침이 아니라

반드시 밤을 거쳐 간 상대적인 선물이지요.

노래를 잘하는 사람이 있다는 것은

상대적으로 노래를 잘 못 부르는 사람들이 있어서 그들이 돋보이는 것이고,

그림을 잘 그리는 사람이 있다는 것은

상대적으로 그림을 잘 못 그리는 사람들이 있어서 그들이 돋보이는 거지요.

우리는 이것을 다른 말로 재능 또는 소질이라고 하는데,

천부적인 재능을 갖고 태어났다면

그렇지 않은 많은 사람들에게 감사해야 할 일입니다.

다른 사람으로 인해 내가 돋보이는 것은 당연한 것이 아니라

수많은 사람들의 행운을 모아서 내가 가진 것일 테니까요.

그것이 선택이었든 아니었든 말이지요.

친애하는 커피씨

마라톤에서 출발은 모두가 함께 입니다.

하지만 시간이 지날수록 선두 그룹과 그 그룹을 뒤따르는

여러 그룹들이 생기게 마련이지요.

마라톤이라는 스포츠에서 선수들이 모두가 선두그룹에서 뛴다면

그 선두그룹이 의미가 있을까요?

체력적인 우위이던,

실력적인 우위이던,

혹독한 연습량의 우위이던,

앞으로 나아가는 선수가 있는가 하면

뒤로 처지는 선수들도 반드시 있습니다.

세상에는 질서가 존재하지요.

서열과, 우열 앞에 자만할 것이 아니라,

그만한 질서가 있어야 서로를 배려하고 존중하는 세상일 수 있는 거지요.

일류가 아니라고 삼류도 아니지요.

아류는 더욱 아니고요.

아류인 사람들도 다른 분야에서는 일류일 수 있고

일류인 사람들도 자신의 분야가 아니고서는 아류가 될 수 있습니다.

이것이 세상이 굴러가는 질서이고 조화인 것입니다.

친애하는 커피씨

내가 무엇으로 돋보이는 것은

상대적으로 나를 비추는 다른 것들이 존재하기에 가능한 것입니다.

그들의 존재가 미비해서도 아니고 삼류여서도 아니지요.

다만 그들이 나누어 가질 소중한 것을 내가 조금 많이 가진 것이랍니다.

감사함이라는 단어가 자만을 뺀 구멍에 들어가면 아마 딱 들어맞을 겁니다.

잘하는 것이 잘하는 것이 아니고

못하는 것이 못하는 것이 아닙니다.

상대적인 조화,

상대적인 감사,

이것이 아름다운 세상으로 존재하게 하는 것입니다.

친애하는 커피씨

나는 좋아하는 것을 잘 한다고 표현하지 않습니다.

잘한다고 좋아하는 것은 더욱 아닙니다.

다만 내가 조금 더 빛을 낼 수 있게

나를 돋보이게 배려하는 사람들에게 감사할 뿐입니다.

그리고 나 또한 다른 사람을 돋보이게 하는 것에

마음 상하지 않을 것입니다.

아침의 밝음을 찬란히 돋보이게 한

반대편 밤에게 감사하는 마음입니다.

[인생이란 추억으로 남겨지는 삶입니다]

나는 어디쯤에 있을까요?

오늘은 나에게 어떤 날이 될까요?

평범함을 지겨워하는 사람들에게

또는 평범함을 눈물 짖게 원하는 사람들에게

오늘이 그토록 바라던 내 인생의 찬란한 날이 되어줄까요?

어쩌면 별 날이 아니겠지요.

아니 별일 없이 잘 지나가는 하루이기를 바라는 거겠지요.

일 년의 절반쯤에서

시간은 나에게 무엇을 가져다주었고

앞으로의 절반에서는 무엇을 허락해 줄는지

나를 빠르게 지나쳐간 시간들을 떠올려 봅니다.

어제는 명함을 의뢰하기 위해

나를 무엇으로 표현하면 좋을지 골똘히 생각하는 시간을 가졌습니다.

언제부터 마련해야 했던 명함인데

아직 내 이름 석 자 앞에 어떤 타이틀을 새겨야 할지 정하지 못했습니다.

쓰고 싶은 타이틀은 아직 섣부른 것 같고

그렇다고 남들에게 불리고 기억될 내가

그저 의미 없게 아무개나가 되는 건 또 마음이 내키지 않습니다.

아직 나는 그 무엇도 아닌 걸까요.

친애하는 커피씨

그 사람 하면 떠오르는 말이나 생각들이 있을 겁니다.

그 사람 앞에 좋은 수식어가 붙는다면

그 인생은 괜찮은 인생으로 기억된다는 것이겠지요.

인생이란 추억으로 남겨지는 삶입니다.

내 이름 앞에 붙을 수식어는

지나온 나의 삶이 집약되는 한눈 보기가 될 것입니다.

또는 스스로가 붙이는 수식어라면 앞으로의 희망을 수놓는 것일 테고요.

과감하게 내일에 불려 질 이름을 쓰는 건 어떨까요.

삶은 믿는 대로 의지대로 맞추어 가는 퍼즐인 것을

이름을 미리 부르고 이름에 맞는 퍼즐들을 마련하는 것도 좋은 방법일지 모

릅니다.

일상에서도 '나' 앞에 수식어를 붙인다면

아마 단조롭던 삶이 더욱 풍요해질 것입니다.

집에 가훈을 두는 것처럼 '나'에게도 '아훈'을 둔다면

스스로의 삶이 좀 더 의미롭지 않을까요.

그토록 바라는 평범함이 소원이거나

그토록 지겨운 평범함을 벗어나고 싶다면

내가 살고 싶은 대로, 내가 불려지고 싶은 대로

'아훈'을 마련한다면요?

무미건조하던 단조로운 일상이 설레고 뜨겁게 다가오지 않을까요?

어쩌면 나는 '친애하는 커피씨'라는 수식어를 달고 싶은지도 모릅니다.

누군가가 자신의 속마음을 편하게 이야기할 수 있는

그런 사람이 되고 싶은 지도요.

내가 당신에게 매일 나의 깊은 마음을 터놓고 얘기하는 것처럼 말이에요.

한 주를 시작하는 월요일 아침입니다.

오늘의 수식어는 어떤 걸로 빵빵하게 마련하셨는지요.

나는요,

〈이왕이면 크게 웃어라〉로 정했답니다.

커피씨,

당신도 웃는 한 주 되기를 바랍니다.

[틈]

대지가 마르면 균열이 생기지요.

하지만 비가 내려 틈을 메우면 원래의 모습으로 돌아갑니다.

벽에 균열이 생기면 그 틈을 메우는 작업을 통해서

벽이 허물어지는 것을 미연에 방지하지요.

세상의 틈.

사람의 세상에도 균열은 생깁니다.

틈.

틈으로 벌어진 대화는 이해할 수 없게 되고요.

틈으로 벌어진 감정은 이별을 낳고요.

틈으로 벌어진 정서는 문제를 가져다주지요.

틈은 어둠의 손길을 허락하는 것이지만

틈은 빛의 스며듦도 기다리는 것이지요.

틈이 좋거나 나쁘거나는

틈을 무엇으로 메우느냐에 달렸지요.

부부 사이의 틈은 자식으로 메울 수 있고,

시간 사이의 틈은 추억이 메울 수 있고,

계절 사이의 틈은 기다림으로 메울 수 있고,

사랑의 틈은 사랑이 메울 수 있는 거지요.

그럴 수만 있다면 틈은 우리에게 또 다른 희망의 메시지가 되는 것입니다.

우주의 틈은 무엇으로 메울 수 있을까요?

세상을 담는 가장 큰 그릇에 구멍이 생기면

과연 무엇으로 메워야 하는 걸까요?

친애하는 커피씨,

우주의 틈은 사람이 메우는 거라고 생각합니다.

우주를 존재하게 하는 건 빛이 가장 큰 역할을 하겠지만,

만물에게 생명을 주는 빛도 사람이 없는 세상에는 의미가 없지요.

세상을 이루는 가장 큰 의미는 사람이 가지고 있는 게 아닐까요.

그러므로 사람은 세상의 그 어떤 틈이라도 메울 수 있습니다.

그럼, 사람 사이의 틈은 누가 메우는 것일까요?

그것 역시 사람이 메우는 것이지요.

다만 평범한 사람이 아닌

세상을 구하는 존경할만한 사람이 그 틈을 메우는 것입니다.

조용히 세상을 아름답게 만드는 사람들.

틈으로 추락할 세상을 사랑으로 구하는 사람들이 있습니다.

친애하는 커피씨

나는 틈에 있고 때로는 틈을 메우고 싶어 합니다.

틈을 만드는 순간에도 틈을 메우길 바랍니다.

어제와 내일의 틈인 오늘입니다.

오늘은 무엇으로 가득 메울지 커피씨와 함께 고민하는 아침입니다.

행복한 아침.

벌써 틈을 메우는 한 가지는 생긴 셈이지요.

행복이요.

그 틈이 당신이라서 다시 행복입니다.

226